拡張現実的

川田十夢

連載のおわりに、本のはじめに。

この連載は、２０１１年4月から始まった●テレビブロスといえば、カルチャーの宝石箱。忌野清志郎、真心ブラザーズ、コーネリアス、電気グルーヴ、爆笑問題、千原兄弟、いとうせいこう、ナンシー関など、好きな人はだいたいブロスで連載を持っていた●ブロス読者だった学生時代、あらゆる表現が他人事じゃない。中央大学の学祭で観たラーメンズは小説のようだったし、直後に登場した清水ミチコは批評と独創性に満ちていた。ギターもバンドも宅録も、嗜む程度。すぐに表現へ向かなかったのは、プライドが高かったから。記録形式から発明しないと、自分の表現とは呼べない気がした●就職して10年、機は熟した。ミシンメーカーで働いていた僕は、未練と経験を総動員。開発ユニットＡＲ三兄弟を始めた。全てはイメージ通り、デビューして2年ほどでテレビブロスの表紙を飾るまでになった。ＢＳとはいえＮＨＫで冠番組『ＡＲ三兄弟の野望!』を放送、完全に売れかけていた。連載が始まるちょっと前、『ＡＲ三兄弟の企画書』を日経から出した。半分は技術本、もう半分はビジネス本であることを求められた。変な照れもあって上手に出来なかった。ブロスで連載を始めるにあたって、先達に読まれても恥ずかしくない文体を設計。独自のルールを定めた●口語表現とシュガーコーティングを極力なくす。現在進行形で浮かびうる全てのアイデアと思索を開架する。７３８文字という限られた文字数で、10万字、つまり本1冊分の内容を著す。２週間という隔週刊誌の賞味期限を2万年、文明の単位まで引き延ばす。言葉はプログラムのように、やがて実装形式となる。読者には、未来の作り手も含まれる。原稿用紙の上（厳密にいうとワードファイルの中）で試行錯誤が続いた●何しろ10年近い連載期間、公私ともに色々あった。まず三男の脱退、まさかのサイバーエージェント電撃入社。次男と二人ぼっちなのに「ぼくたちＡＲ三兄弟です」と名乗る日々。バンプ・オブ・チキンとの写真を撮影した篠山紀信には、空気人形のセッコが第三のメンバーだと伝えた。『情熱大陸』に出演。テレビブロスで特集を組んでもらったときは、故郷に錦を飾った気分。先に上陸を済ませていた朝井リョウ、さかなクン、チームラボ猪子寿之と対談。タイムラインで「十夢大好き倶楽部会員ＮＯ・１」と名乗っていた男を新三男に抜擢、アンリアレイジのパリコレから本格合流●情熱以外にも、『笑っていいとも！』、『課外授業 ようこそ先輩』、『ミュージックステーション』、『タモリ倶楽部』など、テレビ番組に携わった。ラジオは、レギュラー番組を持つようになった。メディア芸術祭をはじめとするアワードの審査員を務めるなど、文化人のような扱いも増えた。ワイドショーのコメンテーターは断った。テクノコントを始めた。伯山になった神田松之丞には背中から斬られた。ここに書いたこと全て事実だが、現実的ではないから不思議●この連載は２０２０年２月、テレビブロス誌面をもって終了。拡張現実的というタイトルの本は、このページから始まる。

２０２０年４月号

目次

第三章　物語
ストーリーテラーになりたい

第四章　空間
二点間の距離を求め合いなさい

第五章　密度
消耗しないスピードのかたち

第九章　音楽
文明単位のラブソング

第十章　月／人類
皺に刻まれるのは経験だけではない

まえがき

時間と速度を掛けると距離が出せる。算数の時間に習った不思議な公式。半分は正しいが、半分はまだ疑っている。楽しい時間はあっという間に過ぎてゆく。この説明責任を、あの不思議な公式は、まだ十分に果たしていない。例えば国を左右するような重要な決定を好き嫌いだけで選ぶ。この閣議決定はきっと国民の反感を買う。だけど実際問題、人間の好き嫌いほど合理的で緻密なセンサーはない。人類の歴史は、あいつ嫌い。死ねばいいのに。あの人のためなら死ねる。わたしの推しを軽んじるなんて酷い。末代まで呪ってやる。この繰り返しに他ならない。好き嫌いでいうと、ビューンって感覚が好き。理屈っぽいのは嫌い。考え尽くした人間特有の明るさが好き、あんまり考えていない人間の暗さが嫌い。怒ってないと言いながら本当は怒っている人は苦手。わたし怒ってます、顔には出さず言葉に出して静かに怒る人が好き。ゲラゲラ笑う人が好き、うふふと笑う人も好き。笑う人全般好きだけど、人を馬鹿にした笑いは嫌い。言葉には顔がある。表情を持つことも、無表情に徹することもできる。言葉に出すということは、現実とは別の時計を持つということ。空に投げた言葉は温度を失う。土に埋めた言葉は光を失う。出力された言葉はインクが乗った順番で古くなる。摩耗し、退色し、朽ち果てる。言葉には言葉の宿命がある。パジャマを着たまま街へ出ると、夢みたいになる。すーっと人間が離れてゆく。存在に疑問符が打たれる。命が揺れるとき、夢は鮮明にシフトする。この本は、現実的ではないというだけの理由で俎上に載せられてこなかった森羅万象を扱っている。上から目線というよりは火の鳥目線、地球の歩き方というよりは地球の吸い方。この本のタイトルは拡張現実的、いきなり本題から入りました。

第一章

主体／客体
踊る気持ちと踊りたくなる気持ちは違う

発電する気持ち、
発電される気持ち。

当事者になってみないと分からない気持ちがある。「電力会社」というボードゲーム。プレイヤーの目的は、電力供給可能地域を増やすこと。その数に比例して上がる収益を競う。まず最初に、プレイヤーは発電所をオークションで購入する。このご時世、プレイヤーは誰しもクリーンエネルギーによる発電所を購入しようとするが、それがうまくいかない。例えば風力発電と再生資源発電、導入コストがかかる割に電気供給量が極端に少ない。これでは、プレイヤー間の収益争いに勝利できない。火力発電、それなりのコストでそれなりの電力を確保できる。魅力はあるが、その資源となる石炭や石油はコストの極端な上下と枯渇の恐れがある。色々考えたあと、俄然魅力的な輝きを放つ発電所の存在に気付く。原子力発電所だ。資源となるプルトニウムひとつに対する発電効率が半端じゃない。限りある資源を使わざるを得ない火力発電に対して、原子力発電は電力会社の抱える全ての問題を解決してくれる魔法のように思える。プレイヤーは迷わず、こぞって原子力発電所の建築を進める。「東京原発」という映画。役所広司演じる東京都知事が、都内に原子力発電所を誘致しようとするドタバタ喜劇だ。その暴挙に、知事の取り巻きは混乱の末半狂乱状態となるが、やがて彼の目論みを知り、一致団結して協力を示すようになる。映画を観ている側、いち都民としても、うっかり東京に原発があってもいいような気持ちになる。「発電バラエティ人間の照明」という企画を考えた。テーマ曲はRCサクセションの「俺は電気」がいいと思った。この歌の中で、まさしく僕は「電気」になった。問題提起には幾多の方法がある。発電する気持ち、発電される気持ち、その双方を直流で交流させる仕組みそのものを、僕は発明したい。

2011年5月28日号

気分をベタに踏んだ話。

僕は気分屋を自称している。これには明確な理由があるのだが、気分が変わった。別の話からしよう。

認知神経科学という研究分野がある。震災から続く節電ムードの関係で、停止したエスカレーターをのぼる機会が増えたと思われるが、この時に足下から感じる違和感の正体はこの認知神経科学で説明がつく。動いているはずのものが動いていない、脳では理解しているのに感覚がいうことをきかない。要するに、人間の記憶は脳だけに宿るわけではなく、感覚の側に超短期的で永続的な感覚を宿している。たとえば、好きな手触り。タオル地であったり、女性の乳房であったり。これらは脳で感覚を覚えているというよりは、感覚が感覚を覚えていると表現した方が正しい。感覚に記憶が宿るならば、そこには気分も内在しているはず。脳まで情報を伝えるまえに、感覚に宿る気分がそれを遮断してしまう。この発見は、多くの理論を根底から覆すに違いない。

気分をうまく広告に潜ませた人物がいる。「セブンイレブン、いい気分」杉山恒太郎がその人だ。「ピッカピカの一年生」も「あ、ディライト」も彼の仕事。本国アメリカのコピー〝Thank Heaven, Seven Eleven〟が韻を踏んでいることからヒントを得たらしいが、本家のコピーは韻を踏んでいるだけで、気分までは踏んでいない。

気分はムードと訳される。千原ジュニアは、「プロペラを止めた、僕の声を聞くために。」の中で「ムード」という自作のコントを演じている。スピードとムードを出し過ぎたドライバーを取り締まる話だが、果たして偶然だったのだろうか。アクセルを踏むように、気分をベタ踏みしたのではないだろうか。

気分には最先端の自分が搭載されている。この気分が当面変わらないことを、僕は固く信じている。

２０１１年10月15日号

コレジャナイ感覚の実体化

まだ名前が与えられていない感覚に名前を与えること、それを実体化（可視化／可聴化／可触化／可食化）すること、その過程を経験として記録再生するものこそ、芸術や娯楽の本質だと捉えている。

ザリガニワークスは、コレジャナイロボでコレジャナイ感覚を実体化した。まだ名前が与えられていなかった感覚、「欲しかったのはこれじゃない！」というお茶の間で幾度となく繰り返されたであろう苦い経験を、絶妙な偽物感を以て実体化した。その造形はガンダムやザクを見事にかっこ悪くしたもの。版元のサンライズからも、コレジャナイと思われているから、訴えられることもない。見事なリスクヘッジである。

公式グッズであっても、コレジャナイ感覚は存在する。松本人志が、この感覚について次のような言葉で言及している。「仮面ライダーは、ライダーがプリントされた靴を履いていない」要するに、物語の登場人物が実際に身につけていないものには、リアリティが宿らない。必然がないのである。

大人になっても、コレジャナイ感覚と遭遇する機会がある。たとえば、フュージョンを垂れ流しているラーメン屋は無条件に信用できない。悪い意味でコレジャナイと瞬時に感じる。逆に、富士そばの演歌はしっくり来る。この違いは当然ではない。和に和を掛け合わせたところで、ラーメン屋でカシオペアをかけたところで、まるでしっくり来ない。一方、富士そばでかかる演歌には必然がある。

富士そば創業者の丹道夫には、上京したての時に閉店を理由に店から追い出された苦い経験がある。そのとき、彼はきっとコレジャナイと感じたに違いない。その感覚が、いつでも立ち寄れる店を作らせ、郷里を思う音楽がいつでも流れる必然を作り、多くの人々を呼び込んだ。コレジャナイ感覚の可食化である。

2012年1月21日号

検索窓から見えるもの

検索窓に気分を入力したい。分からないから検索しているのに、言葉を介在させないと調べられないなんて、矛盾している。たとえば、検索結果は手触りの羅列であって欲しい。「ふわふわ」「ごつごつ」「あいたた」であって欲しい。検索対象がなければ、「すかすか」を返してほしい。欲を言えば、小説や映画やゲームの中身だって検索したい。登場人物の気分に潜行したい。そこから見える未知なる眺望に感動したい。

僕は現実と仮想をつなぐタイプの新しい作家だ。絵空事を描きつつも、それを実体化しないと存在価値がない。さて、検索窓に気分を入力するとはどういうことか。おそらく、まだ言葉を与えられていない感情を、エンターキーからそのまま読み取ってもらうということだ。入力し始めるまでに獲得した手触りの記憶、入力し終えるまでの時間、キーを叩く強さ、視点の動き、息づかい、その全てが検索対象となる。検索結果の根拠となるデータベースには、感情や感覚を考慮したクエリを再設計する必要がある。視覚がRGBでディスプレイできるように、他の感覚もデータさえ蓄積できれば出力できる。手触りや痛みだって、ディスプレイできる。感情はどうだろう。これには、空間の概念が必要。検索窓に奥行きを与えなくてはいけない。

検索窓が奥行きを獲得することで、(副次的にではあるが)人間は「測る」という行為から解放されることになる。人間の身体で示せる長さは、全て検索対象となる。要するに空間を空間として検索できるようになる。紀元前のメソポタミアで生まれた単位に、キュビットがある。肘から中指の先までの長さに由来する身体尺。国王の身体が基準となるから、王が代わるとうっかり基準値が変わる。これくらいの誤差があるくらいの方が、人間の感情は検索しやすい。

2012年2月18日号

透明人間の実感、
それが透明感。

ある小学校の卒業文集に寄せられたアンケート。「透明人間になったら何をしたいですか？」の問いに、子供たちは「人を殺す」「強盗をする」と答えた。保護者はこれにクレームを出し、その日のうちに担任の教師が「一生の記念として残るがこのままで良いか」と諭した。結果的に、子供たちが出した答えは「有名人と会いたい」などと手を加えられ、文集は再配布された。校長先生と教育委員会は「誤字脱字が多い作文と違いチェックしていなかった。あってはならないミス」「一生の思い出となる文集の内容として不適切で、遺憾に思う。今後は児童への指導やチェック機能に十分配慮するよう指導する」と、それぞれコメントを発表した。

『透明人間』という概念が最初に現れたのは、H・G・ウェルズが1897年に発表した同名の小説だ。そこには、透明人間になれる薬を発明した科学者の、孤独と偏見と猜疑と強盗と殺人と必然が、全部描かれていた。彼と遭遇した大人たちは、透明人間の存在に恐怖し、憎悪し、排除した。

僕は先日、『透明人間と黒電話』という透明人間になれる装置を発明した。ある部屋に電話がかかってくる。それに出ようとすると、たちまち透明になってしまう。受話器を上げているのに、その手触りは確かに手にあるのに、透明になってしまった人間からは存在が奪われている。だから、受話器は（上がっているのに）上がらない。

僕はこの卒業文集のニュースを知ったとき、子供たちにこの装置を体験してもらいたいと思った。でも、本当に体験すべきは、僕を含む大人の方だった。翻訳作業は意訳であってもいい。置き換えてあってもいい。ただ、すり替えであってはいけない。そういえば、街に出たウェルズの透明人間を最初に発見したのは子供たちだった。そこには全部、描かれていた。

2012年4月14日号

出木杉くんは、そんなにスマートじゃない。

バカリズムがアメトークで「バーター出演であることを分かるようにする」という新ルールを提案していた。バーターで出演しているにもかかわらず、バーターで出演してませんよと涼しい顔している輩が許せない。テロップでしっかり誰のバーターであるかを明示すべきだという。事務所の力に頼らず、相方のコンビ脱退にも負けず、ピン芸人としてのし上がってきた彼らしい指摘である。

2011年のテレビ番組出演数。499本で1位となった有吉弘行に次いで、496本で2位となったビビる大木。彼がブラマヨとゆかいな仲間たちに出演したとき、テレビ番組に呼ばれ続ける理由としてこんなことを漏らしていた。「テレビには3つの鉄則がある。視聴者がたのしいこと。スタッフがたのしいこと。出演者がたのしいこと。これを僕は忠実に守ってきた」バカリズムと同じく、事務所の力に頼らず、コンビ解散にも負けず、ピン芸人として地道に活動をしてきた彼らしい言葉である。

スマートテレビというインターネットにつながるテレビがある。これがあまりパッとしない。スマートと名前がつくもの全てスマートに機能するとは限らない。ドラえもんに於ける出木杉くんの登場回数は、さほど多くない。勉強もスポーツも出来るうえ、ルックスもいい。でも、たのしくない。だから、出番が少ない。テレビは、自分ひとりだけがスマートであろうとする思想を捨てるべきだ。生で野球観戦をしながらラジオを聞いたときの高揚感を認めるべきだ。各局専用のリモコンをスマートフォンで作るべきだ。ザッピング感覚をテレビの外側で担保するべきだ。テロップはもうテレビの内側で作らなくてもいいはずだ。そのたのしみを広く分配すべきだ。視聴者もスタッフも出演者もたのしい仕組みを、もう一度再構築するべきだ。

2012年5月12日号

上田を軸にして考える、棒倒しという役目について。

劇作家とは、どんな生き物なのだろう。五月の上田誠と隣り合って、考えた。僕がよく拡張現実を説明するために引用する「斬新とは省略することである」は、劇作家 太田省吾の言葉だ。彼は、水の駅という作品で、台詞の一切をなくした。演劇の構成要素として当然あるべき台詞を省略することで、沈黙を永遠の言葉とした。それは、物語に時代性を与えるはずの台詞が、同時に劇作そのものの賞味期限を短くしているという指摘でもあった。

上田誠は、高校生の時にマイコンでゲームを作っていた。だから、演劇もゲームを作るみたいに作る。与えた設定や状況から、物語を逆算する。台詞を引き出す。まるでゲームをさせるみたいに、役者に自由を与える。ゲームに興じるプレイと、役を演じるプレイがつながる。モチーフ選びも絶妙。UFO・超能力・タイムマシン・コンピューター・インターネット・ピラミッド・ムーミンなど。ゲームにしてもつまらなそうな題材に、没入のスタートボタンを潜ませる。舞台装置ごと発明して、縦スクロールを横スクロールに、横スクロールを縦スクロールに替える。平面に奥行きを与え、奥行きを平面で表現する。その必然も、作る。

例えば、日常に於ける違和感がある。誰よりもうまく、公演の名のもとに棒倒しをするのが劇作家の役目だとする。作品の内側で行われる棒倒しと、作品の外側で行われる棒倒し。内側の棒倒しでは、横着して足で倒そうとして下敷きになったり、設定の風圧で勝手に倒れたり、身体のサイズを自覚してない何でもない人が簡単に倒したり、何をしても倒れなかったり、する。外側の棒倒しでは、作品そのものがプレイヤーとなる。さっきまでかっこよかったものが、途端にダサく見える。知らない間に、棒も足もすくわれる。やがて、忘れ去らされる。

2012年7月7日号

飲み物みたいな読み物。
読み物みたいな飲み物。

飲んだことがない飲み物には、広大な余白がある。舌と口腔で感じたことのない刺激は、すなわち読んだことがない未知の文学に触れる瞬間でもある。だから、できるだけ前提となる情報を入れたくない。缶ジュースは、できるだけ缶のまま飲みたい。コップにあけて先に中身を確認するようなことはしない。缶に印刷された色彩ごと流し込む。喉元を過ぎ、五臓六腑を駆け巡り、やがて血液になる。デリカシーのない人ほど、味について語りたがる。貧相な味覚表現が、視覚を通じて日常に混入してくる。迷惑な話だ。

飲み物はいつから栄養成分を明らかにするようになったのだろう。僕のような嗜みがあるものにとっては、完全なるネタバレである。読まなければいいのだが、書いてあるものは読んでしまう。飲んでしまう。人間は、成分表を確認してから飲み物を飲むという行動を続けることによって、いつの間にか読み物を飲むようになってしまった。読み物にまで、簡単に栄養を求めるようになってしまった。成分表みたいなタイトルの本を、ありがたがって読むようになってしまった。「食べる前に飲む」と連呼するコマーシャルもよくなかった。とくに田中邦衛の「食べる前に飲む」は、「食べる前に読む」に聞こえた。

よくわからないものを飲んできた。よくわからないものを読んできた。僕には、よくわからないものへの想像力と耐性が、自ずと備わっている。読み物も飲み物も、簡単に鵜呑みにしない。自分の感覚で、咀嚼をして、味わう。毒になるものは吐き出す。成分表は自分自身で作り上げる。そこから身体と精神が欲しているものを逆算して、自らの欠陥について思いを巡らせる。

飲み物も、読み物も、大切なのは栄養じゃない。たまには得体の知れないものを摂取して、お腹を壊して、しっかり後悔しよう。

２０１２年10月27日号

隕石が落ちても秋元康が儲かる

ロシアに隕石が落ちた。宇宙のことに詳しいはずのロシアが、レーダーとか凄く開発してるはずのロシアが、乾いた空気で本質しか語りたがらないはずのロシアが、なぜ隕石の落下を事前に察知できなかったのか。調べてみたら、そもそも隕石の落下は、現代の科学では予知も察知もできないものであるらしい。もっと言うと、直径150メートルを下回る隕石の落下は、9割以上が見つかっていないらしい。

僕は普段から、まだ可読化されていない世界だとか時間だとか感情だとかを調べる癖があるのだが、隕石のこともすぐDAMのリモコンで調べた（DAMのリモコンで検索するのには理由があって、それはGoogle検索にはない経済と流行のフィルタリング機能があるからだ。DAMに楽曲が登録されているということは、カラオケで歌われる最低限のニーズが担保されていることだし、流行歌として流通する可能性があるということだ）。1曲だけ見つかった。ＡＫＢ48の『隕石の確率』。売れてる人たちのわりには、聞いたことないなと更に調べてみたところ、センター争いが過酷な俗にいうＡＫＢ48としての楽曲ではなく、それを構成するチームＢとしての劇場公演のために作られた楽曲であった。要するに、当てにいく必要のない、捨て曲でもいいはずの楽曲。それを、チームＢというまだセンター争いに食い込めないメンバーに歌わせた。これがどういう意味か、わかるだろうか。まだ歌われていない世界のことを、隕石の確率でしか売れないかもしれない少女たちに歌わせる。これは、歌の中で経験させることだし、現実で実感させることでもある。売れているから凄いのではなく、凄いから売れている。隕石が落ちたから曲を作るのではなく、作るから隕石が落ちたさえ思わせる。秋元康、流石である。

2013年3月2日号

ペーパーナイフを使う人を、僕は上品だと思う。

キーフェルという名前の喫茶店が、渋谷にある。TOHOシネマズのすぐ上の階という好立地ながら、臙脂色の看板が醸し出す貴族っぽさからか、グローバルクラブという意味不明のサブタイトルからか、客足があまり伸びていない。いつ入っても空いている。要するに、すぐに座れる。これが、最高に気持ちいい。無論、まったくのガラガラでは困る。店員の話し声や、キッチンの作業が、耳に入ってしまう。回転が必要である。ここは、適度な回転を保ちながら、安心感と空席を安定供給してくれる。

それにしても、キーフェルの安心感の正体は何だろう。足しげく通ううちに、それが無駄に高い天井によって担保されているものだと気がついた。いわゆる高級感ってやつだ。宇多田ヒカルが、天井の低い場所で歌ってデビューした理由も、副次的にわかった。彼女は、天井の低さでカジュアルをオートマティックに担保していたのだ。

先月から、『情熱大陸』のカメラが僕を密着している。情熱大陸といえば、安野モヨコさんの回が印象に残っている。若くして成功した女性漫画家。その行動と発言に、カメラとマイクが向けられる。テレビ的ないい発言を、カメラの向こう側で求める人たちの顔が浮かぶ。それでも、彼女は何の気負いもなく、いつも通り淡々と仕事をこなしている。シーンが、彼女の地元に切り替わる。油断したのか、母校の前でふとテレビ的にいい発言をしかかった。でも、すぐに持ち直した。「あ、こういうことを、こういうとこで言うんじゃなくて、漫画で書かなきゃ」

テレビだからといって、テレビ的な正解を引き受ける必要はない。僕はいつも通り、天才として振る舞う。いつも通り、天井を高くしたり、敷居を下げたり、大風呂敷を拡げたり、目からビームを出したりして、情熱大陸を拡張する。

2013年5月25日号

ダサい感覚と、みっともない感覚は、ぜんぜん違う。

昨日観たテレビ番組をそのまま言うだけで、人の関心を集められる時代が確かにあった。今では、サッカーかオリンピックかあまちゃんか。その周辺限定のお祭りごとになってしまったが、あの時代はそうではなかった。曜日ごとに、あがる話題はほぼ決まっていた。ドラマの日があれば、バラエティの日もあった。あたかも時間割で決まっていたかのように、当たり前のように同じ番組を観て、当たり前のように翌日楽しげに話した。僕には、それがまったく楽しめなかった。大きな声で昨日の番組がヤバかったと喧伝しているやつ本人が、全然おもしろくない。ただ、誰が出演したとか、共演したとか、ボケがどうだとか、内容をなぞっているに過ぎない。現象にも本質にも触れていない。特に、話がうまいわけでもない。

テレビと視聴者の間には、カメラがある。カメラの目を通して、我々は総意となった視覚と聴覚を楽しんでいる。誰が勝とうが、負けようが、厳密には関係ない。大きく単純化した感覚を楽しむのが、楽しい。やっていることは、流れるプールと同じ。右回りか、左回りか。流れに沿うか、逆らうか。
　違う流れの話をするようで、同じ視界の話。カメラに付随するプログラムに、顔検知と顔認識というものがある。似たようで全く違うプログラムである。顔検知が単にレンズの前の対象が顔かどうかをYes／No判定するのに対して、顔認識はそれが誰の顔なのかどうかを当たり判定する。朝の連続テレビ小説『あまちゃん』は、検知に寄り過ぎたテレビに、認識の機能を与えることに成功している。とても狭い世界のことを描きながら、視聴者ひとりひとりの心象風景と顔に寄り添う。誰もが次の日、饒舌に話せるようになる。プログラムなんて使わなくたって、テレビ番組はとっくにプログラムなのである。

2013年6月22日号

観客のことを、意識の旅行者だと捉えてみる。

作者の意識に旅行者を迎える感覚がちょうどいいのではないか。来年のブラジルワールドカップへ向けた拡張現実企画を急に頼まれ、手始めにブラジルっぽい映画でも観るかと『シティ・オブ・ゴッド』と『未来世紀ブラジル』を鑑賞していたら、不意にこの仮説が浮かんだ。

・旅行者は、ガイドブックを持っているかも知れない。
・旅行者は、ガイドブックを持ってないかも知れない。
・旅行者は、言葉が通じるかも知れない。
・旅行者は、言葉が通じないかも知れない。
・ガイドブックを持っていた場合、そこに書いてあることが全てではいけない。
(書いてないことを発見させる余白がなければいけない)
・ガイドブックを持っていない場合、まずは何を見たらいいのかを知らない。
(どんな順番と作法があるのか、情報を与えなくてはいけない)

・与えた余白、順番、作法に準ずる時間の経過を描かなくてはならない。
・同時に、現実の時間を忘れさせないといけない。
・言葉が通じるということは言葉で説明できるということ。
（あえて言葉で説明しないという選択肢がある）
・言葉が通じないということは言葉で説明できないということ。
（あえて言葉で説明しようとする選択肢がある）

国内旅行者と海外旅行者。求める質が異なるものの、旅行者であることは変わらない。日常会話では辿り着かない境地に、もれなく連れてゆかなくてはならない。チケットを購入して足を運ぶ映画の観客も、栞をはさんでまた同じ場所に来てくれる小説の読者も、同じ。小説を映画に翻訳する、映画を小説に翻訳する。プログラムビューでここを直せば、デザインビューのここが直る。縦横無尽に、現実を拡張するための試金石が、ここに内在している。

フイナム　２０１３年10月7日

虚構のような生活、生活のような虚構。

洗濯が好きだ。洗濯機が好きだ。僕は、あとどれくらい、洗濯機を回せるだろうか。回転する洗濯槽を覗けるだろうか。15リットルだから洗剤これくらいでいいかなって、あと何回思えるだろうか。洗濯ネットで、型崩れしやすい衣類を守れるだろうか。漂白剤の極端な効用にびくびくしながら、白いYシャツを蘇らせられるだろうか。柔軟剤を使わずに、ふかふかのタオルを量産できるだろうか。

エレファントカシマシが、生活というタイトルのアルバムを出したことがある。全く生活感のない、でも本当の生活について歌ったアルバムだ。虚構を生きるものにとって、生活は残酷な夢のようだ。夢のように、現実味がないものだ。かくゆう僕も、生活感がないとよく人から言われる。笑いながら「生活そのものが、ないからね」と、答える。

物語と現実の接着面をもっと増やせないかと、考えている。ゲーム機本体に電源を入れてから始まる行儀のいいリアリティではなく、現実と地続きのもっとカジュアルなやつ。スマホとか小さい画面じゃなくて、もっと地表レベルで重力とかを噛みしめながら前のめりで没入できるやつ。本を閉じても、簡単に終わらないやつ。

継続性を考えると、物語と現実の接着面には、接着剤を使わない方がいいだろう。あの、独特の、退廃的な匂いは、確かにいい。でも、それが匂いだけで接着面だとわかるのは、あんまりスマートじゃない。洗濯も、柔軟剤をあまり使わない方がいい。

文頭に回し始めた洗濯機が、ちょうど止まった。次は洗濯物を干しながら、この接着面をシールにするやり方について考えてみよう。

フィナム　2013年4月27日

第二章

時間

曜日感覚は重力と似ている

進歩のTEMPO

シンポジウムが好きだ。内容は問わない。意味が分からないものの方がいい。何の所縁もない遠くの大学や講堂へふらっと出掛ける。

例えば、感覚代行シンポジウム。まるで分からない。そもそも感覚代行とはなにか？運転代行業は含まれるのか？感覚を代行されてしまって自己同一性はどこまで保てるのか？哲学的にも人間工学的にも興味深いタイトルである。参加して早々手渡される冊子の冒頭で、その考え方が明かされた。「感覚代行とは、障害などで損なわれた感覚の機能を、残された感覚で代行すること」なるほど。盲導犬も補聴器もこれに当てはまる訳だ。二人羽織りやかつらはどうなるのだろう。二人羽織りは障害があるというより浮かれた感じで披露するケースが多いからきっと違うし、かつらも髪の毛に感覚がある訳ではないのできっと違うのだろう。植毛は皮膚感覚をともなうから、うっすら当てはまるのだろうか。ともあれ、非常に興味深い。興味の赴くままに深入りしてみると、視覚情報を椅子の背もたれ越しに伝えようとした触覚テレビというものが1960年代のアメリカで研究されていたらしい。まるで古き良きメディアアートではないか。

そうそう。こないだは触覚工学シンポジウムへ出掛けた。触覚工学の第一人者たちが自身の研究について発表していた。超音波で空気中に手触りを感じさせることができる空中触覚ディスプレイや、ネイルで触覚の感度を調整する触覚可変デバイス、人間の情動を喚起させる騙し画のような触覚誘導システム、現実には感知し得ない触覚のスローモーション体験など、興味深い発表が続いた。

シンポジウムが好きだ。内容は問わない。分からないものの進歩、理解に至る距離、そこへ向かうTEMPOは、自分の余白がどれくらい残っているのかを教えてくれる。

2011年12月10日号

タクシーは時間を運んでいる。

ＡＲ三兄弟として完全に売れかけてからというもの、僕の移動手段は専らタクシーだ。そこで僕は、自分一人だけの時間を確保し、発明アイデアを考えたり、次の会議に必要な企画書をまとめたり、連載の原稿を書いたり、あの人のことを思ったり、暫しの睡眠を取ったり、何も考えなかったり、している。けして安くない対価、それを支払ってようやく獲得した時間。車内には、それを遮ることができる唯一の存在がある。運転手だ。これはタクシーに限った話ではないが、人の時間に何のコトワリもなく介入してくる輩の大半は、プロ意識に欠けている。彼らが運んでいるのは、人間ではない。時間なのだ。時間を運んでいる意識があれば、高速道路に乗って渋滞に巻き込まれたりしないし、巻き込まれた理由を「乗ってからじゃないと分からないんすよね〜」とはしないし、サービス精神を履き違えた無駄話を展開しようともしない。さまぁ〜ずがまだバカルディだった頃のコント、大竹演じるタクシー運転手に、乗客の三村がこんなことを聞く。「なんで運転手になったんですか?」「どこか遠くへ行きたかったけど、どこに行っていいか自分では分からなかったんだよ。この仕事は、行き先を乗客が決めてくれるだろ?それがいいと思ったんだ」…なんてグッと来る台詞だろう。今、乗っているタクシーの運転手にも聞かせてやりたいが、聞かせてやらない。巻き込まれた渋滞の中で、逆説的に担保された時間給に浮かれているからだ。申し訳ないと口先でしながら、露骨にテンションが上がってしまっている。タクシーは時間を運んでいる。それは、僕の時間だけではない。運転手あなた自身の時間でもある。そこでの時間の使い方は、あなたの行き方であるし、生き方でもある。行き先はもう伝えた。よろしく頼む。

2011年6月25日号

土曜日にも会いたい人

毎日顔を合わせる職場や学校で、休日も一緒に過ごしたいと思える人がどのくらい居るだろうか。休日まで一緒に過ごしたいと思える人は、きっとそう多くないだろう。

この曜日に内在する気分のようなものに、僕は注目している。もしも「火曜サスペンス劇場」が「日曜サスペンス劇場」だったら、きっと内容が変わっていたに違いない。のっぺり続くだけの平日、月曜の憂鬱からは脱出したものの、あと四日間もある火曜日だからこそ必然的にサスペンスを供給する意味があった。そんな曜日感覚から導かれる気分を可視化した名画や名曲が、世界には点在している。

『月曜日のユカ』という映画がある。奔放なユカは、毎日複数の男たちと屈託なく戯れる。寝てくれと頼まれれば、誰とでも寝る。キスだけはしない。だから、けして汚れない。ユカがパパと呼ぶ特別なパトロンとは、月曜日に会うことを決めている。だから月曜日のユカと呼ばれるようになった。1964年の加賀まりこがどれだけキュートで小悪魔だったかについての解説は、川勝正幸さんか松江哲明さんの連載に委ねるとして。僕はやはりこの月曜という曜日に内在する気分に注目したい。これもやはり、「火曜日のユカ」でも「土曜日のユカ」でも成立しなかったのだ。

この曜日感覚を保ってきたものが、露骨に減っている。アナログテレビが終わり、映画を見る機会も減った。もはや、曜日さえまともに伝えてくれない新聞。このまま出版物はなくなってしまうのだろうか。テレビブロスが水曜日に並ばない、フライデーが金曜日にスクープをすっぱ抜かない、そんな味気ない未来が、僕らの気分をよくしてくれるはずがない。

土曜日にも会いたい人には、土曜日も会いたいと伝えよう。Sparklehorseの〝Saturday〟を聴きながら。

2011年8月20日号

ブックオフ・トゥ・ビー・ワイヤード2500

人類は、すぐに恰好をつける。情報だって、ダサいものは吸収したくない。摂取しているところを他人に見られたくない。賞味期限も気にする。週刊誌には一週間の価値しかないと思い込んでいる。そこに永遠に使い減らない情報が記してあったとしても、週刊誌は捨ててしまう。本になるまで、その内容には見向きもしない。古新聞古雑誌を有り難がるのは、情報と質量の回収業者ぐらいなものだ。

質量の回収場所として、都市にはブックオフという大きな棚が用意されている。中でも、百円まで価値を落とされた本が、ところ狭しと並べられた場所がある。情報は消費され、捨てられ、やがて殺される。殺される直前まで、価値が使い減る過程を晒される。ここは、情報の公開処刑場なのである。私は、この処刑場へよく出掛ける。インターネットで簡単に閲覧できる情報、無作為に選んだつもりの本、それを触った指先、購入判断を下す脳味噌を、あまり信頼していない。要するに、普段摂取しないタイプの本と、遭遇したいのだ。

2011年に再創刊されたワイヤード。記念すべき第1号に私が書いた『未来から来た男』という特集の中で、2030年から来た男として島村英紀を、2500年から来た男として原島博を紹介した。どちらも、国際的な評価を得ている学者であり、教授でもある。特集を摂取した読者は、もれなく未来について考えただろう。だが、私が彼らと最初に遭遇したのは、あの公開処刑場である。島村は『「地震予知」はウソだらけ』という告発本を、原島は『顔学への招待』という日本顔学会会長としての横顔を、それぞれ処刑場に上梓していた。

二週間の賞味期限の中で、私は何を伝えられるだろう。ブロスとワイヤードの一部は、フリーズドライ方式で編集されている。それを人類が知るのは、まだ先の話。

2013年3月30日号

テレビの中に言葉がある。
言葉の中にテレビがある。

ドキュメント72時間というテレビ番組がある。タイトルの通り、定点観測を基本とした25分間のドキュメンタリー番組である。72時間という時間は、3日間という取材期間でもある。これが、長いのか短いのか。たとえば、同じくらいの放送尺であるところの情熱大陸は、半年間の密着期間で180時間近くカメラを回す。だから、72時間という取材期間は、短いようであり、効率的であるとも言える。取材対象は特に固定していない。誰を取材しても、しなくてもいい。この距離感がちょうどいい。他のドキュメンタリー番組にはない、軽やかな雰囲気がある▼調布にあるスポーツジム。ソファに腰掛けるおじいちゃんに、ジムに来るようになったきっかけを尋ねる。「それはやっぱ 体だんだん 83なんだよ 俺。もう体 硬くなっちゃうしね」カメラを意識しつつ、ルームランナーへ。デジタル表示に高めの血圧。カメラのせいだと、照れくさそう▼新宿にある24時間営業の郵便局。何やら露骨に焦っている青年に、やりながら話せる範囲で結構なんですが、声をかける。留学のための奨学金を申請する願書の締め切りが当日消印有効ギリギリで、これを逃すと資格を失うのだという。その場で書き終えたばかりの願書を、郵便窓口で買った封筒で出そうと思っていたところ、売ってないことが判明。この時点で、消印有効5分前。近くのコンビニまで駆け足して3分前。窓口の行列に並び直して1分前。何とか間に合った。「この奨学金　いけるはずの奨学金だったんで　もし申し込みできなかったら大変なことになってた。いろいろあって人生は楽しい」　青年はヘラヘラと答えた▼この番組の、軽やかな雰囲気の正体は何だろう。72時間を重ねるうちに、気がついた。言葉である。タイトルに続くのである。

2014年1月18日号

プリクラは、全知全能なのかも知れない。

かつてテレビは、高解像度の動画をリアルタイムで安定供給できる唯一のメディアであった。視聴率が落ちることがあっても、放送という名の基本サービスが落ちることはなかった。しかし、状況は一変した。インターネットを1000倍の速度で届ける技術の根拠が、2020年へ向けて明るみになったのだ。全録機の普及も進んでいる。リアルタイムでテレビを見る理由が、いよいよ消滅してしまった。

抵抗の余地は、まだ残されている。視聴者の定義を刷新するやり方だ。モニター世帯のテレビに専用機器を設置して測定するのではなく、パソコンやスマホからテレビ外視聴者をカウントして、解析結果とする。これにより、広告主のテレビへの信頼は一時的に回復する。同時に、ウェアラブルとライフログという概念が普及する。視聴者の五感を24時間センシングして、ログを残せるようになる。視聴率どころか、何がどう影響してどう購買に結びついたかまで、明るみになる。そうなると、テレビもインターネットもパソコンもスマホも、基本すべてが無料となる。センシングした内容を秘密にしたいとき、視聴者はお金を使う。テレビが先回りしてここを押さえられるか、センスが問われる。

やがて、日常を全録できるようになった視聴者。かといって脳の処理能力が劇的に上がるわけではない。膨大な情報の整理がつかない。油断すると、自動的に消去されてしまう。大切な記憶は断片化して、シールにして、外部化する。手帳やスマホに貼る。気を許した視聴者にだけ、視聴者はプライベートを共有する。記憶の美化という基本機能によって、シールの中の視聴者の目は大きくなり、肌艶がよくなる。耳を澄ますと、懐かしい音楽が聞こえてくる。昔はよかったってなる。プリクラは、全知全能なのかも知れない。

2014年2月15日号

現象と存在、それぞれに流れる時間のこと。

どうでもいい話をするのが苦手だ。天気の話も、血液型の話も、議会で飛びかった野次の話も、全部。僕がしなくていい話、全般が億劫である。「キャバクラとか行って、その辺りのセンスを磨いた方がいいぜ」人生の先輩から、幾度となく忠告され続けてきた。「どうせ、お金を出さないとモテない連中の遠吠えだろ?」と、まったく相手にしてこなかったのだが、ようやくその意味がわかった。存在と現象にまつわる、時間の話だった。

というのも、先日。『ニシノユキヒコの恋と冒険』という映画を観た。冒頭15分、とくに何も起きない。空が曇っていたり、パフェを食べたり、竹内豊が白い帽子を被っていたり、他愛もない時間がフラットに流れている。正直、退屈だと思った。どうでもいい女の、どうでもいい話。それに、ただ付き合わされている人形の気分だった。それが、一転。聞く力だけが取り柄だと思っていた阿川佐和子が、おもむろに演技する力を発揮した辺りから、感覚に転調が生じた。単調であったはずの時間が、かけがえのない一瞬の連続に感じられるようになった。免疫学者の多田富雄の言葉を思い出した。

「女は存在であるが、男は現象に過ぎない」

人間はそもそも女になるべく設計されている。染色体Yを持つ個体の場合は、精巣決定因子なる遺伝子が実に回りくどいやり方で、自然の成り行きをねじ曲げて、男という性を作り出している。彼の著作、『生命の意味論』に書かれてあったことである。

現象と存在。意味と無意味。男と女。付箋と手帳。時間と空間。点と線。近未来と未来。短さと長さ。速さと永さ。近さと深さ。旅と生活。流れ星と惑星。重力のように結びついたまま離れない言葉たち。ずっと分からないままだったソロモン流のキャスティングのセンスも、今なら理解できる。

2014年7月5日号

科学が迷信になってからが、ファンタジーです。

永年にわたって鳥山明の担当編集をつとめた鳥嶋和彦（Dr・マシリト）。孫悟空が三頭身から八頭身に成長するときに、大反対した話をテレビで披露していた。連載当初まるで人気が上がらず、打開策としてギャグ路線ではなく強さを追求すべきだとして天下一武道会をストーリーに組み込むなど、二人で試行錯誤を重ねてようやく浸透し始めた人気キャラクターである。担当編集者として当然の拒否反応。しかし、鳥山明は最後まで首を縦に振らなかった。「このままではドラゴンボールは終わるしかない。筋肉をちゃんと描かないと、戦闘のビジュアルとして自分の満足のいく画面にならない」

悟空が八頭身になったのは、ジャンプコミックスでいうところの14巻から。このあとドラゴンボールは全42巻まで続くのだから、鳥山明先生の選択は正しかったことになる。このように、物語を続けるために必要不可欠な設定変更というものがある。「ゴリラーマンの10巻では、藤本との抗争が一段落し、ゴリラーマンの強さについて明るみになったところで、ゴリラーマンとまったく同じ顔をしているのに「女のいいにおい」がするセーラー服姿の女が登場する。コミックスはこのあと19巻まで続くのだから、ハロルド作石先生の判断も正しかったことになる。

F先生でいうところの、のび太の魔界大冒険もこれに当たる。現実を憂うのび太が、もしもボックスを使って魔法が当たり前に使える世界へと変えてしまう。テレビコマーシャルでは、水晶や魔女の秘薬や空飛ぶ絨毯が公然と広告されている。しずかちゃんはタケコプターを見て、よく出来た魔法だと指摘する。もしもボックスは、シリーズを通じて二度と登場しなくなる。科学が迷信に過ぎなくなっても、ひみつ道具はファンタジーとして機能し続ける。

2014年8月2日号

第三章

物語

ストーリーテラーになりたい

雨の日の公園は、美しい。

5才くらいだっただろうか、母親に手をひかれて近所の公園へ出掛けた。彼らあらゆる遊具の前には、はち切れんばかりの破天荒が列を為していた。彼らの振る舞いは、暴徒といってもいい。列は列の意味を為している訳ではなく、強いものたちが弱いものたちの頭を踏み越してゆくためのシステムでしかなかった。「ほら、あなたもみんなと遊びなさい」僕はすべり台の列に入れられた。順番は守るものだと、教育されてきた。無闇に人の頭を叩いてはいけないし、ましてや踏み越えてはいけない。人の気持ちを考えて行動しなくてはいけない。守るべきものを守っていたら、いつまで経っても順番が回ってこない。さっき滑り終えたばかりの破天荒が、悪びれもせず僕の順番を抜かしてゆく。それに対して、僕は何も言えない。言葉が通じない連中に、何を話しても無駄だと思ったのかも知れない。単に、気が弱かっただけかも知れない。でも、自意識だけは一人前で、こっちを見ている母親には心配をかけたくない。少しでも楽しんでいる雰囲気を出したくて、抜かされる度に「僕が順番を差し出した」みたいな顔をしていた。結局、その日は一度もすべり台を楽しむことなく、帰った。酷く疲れた。

いつしか、僕は雨の日の公園に一人で出掛けるようになった。誰もいない静かな公園。遊具に雨があたる音まで、はっきり聞こえる。砂場からは埃ひとつ立たない。退色していたジャングルジムやすべり台が、新品みたいにキラキラしている。もちろん、破天荒も存在しない。しようと思えば遊具は独り占めできる。でも、しない。雨の日の公園は、雨のものだから。

雨のものと化した公園でも、想像することはできる。僕は順番を守って、想像の中で全ての遊具に触れることができる。ブランコを漕いで、勢いをつけたまま空高く飛ぶ。ジャングルジムのてっぺんに着陸して、するすると鉄骨の合間をくぐる。すべり台を逆走して、アーチになった部分でくるくると回転。勢いよくすべり台を頭からすべり下りる。勢い余って地面を突きやぶる。真っ暗闇の地下は、意外にやわらかい。素手で地層を掘って上ったら砂場に出て来た。手の平に残っていた、地下にしか存在しない特殊な泥。泥だんごを作って、空に向かって放り投げる。雲が一気に晴れて、太陽が顔をのぞく。光が遊具にふりそそぐ。公園に大きな虹がかかる。そんな他愛もない想像を、雨の日の公園は許容してくれた。

雨の日の公園は、美しい。それだけ書かれたメモを読み返して、思い出した。そう、僕は雨の日の公園が好きだった。弱きもの、でも正しいもの。その他愛もない想像を宿せる公園が、この世でいちばん美しいと思った。それを、思い出した。

フイナム　2012年11月10日

第三章　物語
ストーリーテラーになりたい

隣り合う物語に耳打ちする方法

物語に没入するとはどういうことだろう。誰ひとり知り合いが出てこない別世界、つまりオール他人事であるにもかかわらず、向こうで流れる時間や感情から目が離せない。展開にただ、息をのんでしまう。それを呼び込む余白の正体とは、一体何だろう。例えば点が三つあるとする。それを人は顔だと認識する。ドラマのワンシーンに川を見る。自分の住む町に一番近い川を連想する。これらの安易な思い込みと、今回僕が指摘している没入とはまるで種類がちがう。

たとえば、バタアシ金魚の花井薫。一目惚れした塚原苑子の気を惹くために、カナヅチにもかかわらず水泳を始める。薫は何しろ思い込みが激しい。苑子の無関心がまるで目に入らない。彼女が興味を持つあらゆる対象に嫉妬を覚える。尋常じゃない質量で、それを表沙汰にしてゆく。やがて苑子はノイローゼになり、関係は破綻する。プーという女の子が傷心の薫に近づく。苑子の気持ちに気がついた薫は、吸い込んだ息の全てを使って気持ちを伝える。一転、お茶の間。最愛であった苑子との現実と夢に苛まれている薫。思い込みを思い込みのままにしておけない年齢。全部踏まえた上での大見栄、未完の文字。プーの心配は誰もしない。

プーという名前の女の子は、ガープの世界にも登場する。ジョン・アーヴィング原作の映画の話。ここでエレン・ジェームズを演じたアマンダ・プラマーと、同じくガープの世界でガープを演じたロビン・ウィリアムズは、フィッシャー・キングという映画で恋人同士を演じる。ひとつ前の物語では、けして結ばれることのなかった二人。設定をこえ、時代をこえ、物語をこえ、手をとりあう二人。これはたぶん正しい物語の鑑賞法ではない。没入の末にしか辿りつくことのできない、隣り合う物語に耳打ちする方法である。

2012年3月17日号

空間把握小説
「ピロティで踊ってはいけない」

ピロティで踊ってはいけない。なぜって、法律で決まっているからに決まっている。外で音楽に乗るのはよい。音楽は乗り物だからだ。乗り物だから、乗ってもいい。パトカーと同じだ。人を乗せてもいい。護送してもいい。ただし、踊ってはいけない。赤いスポーツカーはいけない。きっと悪いやつが悪いことをするために乗っている。念のためことわっておくが、踊り場だって踊ってはいけない。あくまで方向転換と避難のために設けられた場所だ。建築基準法に準えると、あくまで階段の一部である。そんな所で踊ると危ない。私は全国民の安全のためなら、ごく少数の生活など脅かしてもいいと考えている。そもそも、踊りたくなる気持ちがわからない。警察学校で習わなかったからだ。中学校の保健体育でヒップホップダンスを必修化した意味ならわかる。ここで教えるダンスは、仲間とともに感じを込めて踊ったり、イメージをとらえて自己を表現したりすることに楽しさや喜びを味わうことのできる運動である。すなわち、同じく必修化される武道とのバランスがとてもよい。ラジオ体操は前時代的であったからして、感情を込めて踊る楽しみと武道で心を鍛えることを同時に学校で教えるのはとても重要なことなのである。

現代の警察は、国民に空間を把握させるために機能しているといっても過言ではない。グレーな判例は、場所を明確に定義させることでクリアになる。いまのクラブには、音楽が乗り物だと分かる光が少ない。ヘッドライトの光量が少ない車は、公道を走ることさえ許されない。乗り物だと理解されている音楽の周辺には、必ずヘッドライトがついている。ハイライト機能も付いている。私たち警察は、暗闇の中を暗闇のまま進もうとする行為を認める訳にはいかない。ピロティで踊ってはいけない。

2012年6月9日号

必修科目にキャッチボールを加えたら、考古学者が儲かる。

教育の本質が未来へのプロットだとして、そのおもしろみは、いかに予想や思想を時間が上回れるかということになる。ダンスが必修科目化したところで、せいぜい潤うのはダンススクール、ダンスミュージック、ラッキィ池田くらいだろう。全然おもしろくない。未来を語ることが、即ち誰にヤカンを握らせるかであってはいけない。もやもやしながらコンビニで会計しているると、防犯カラーボールが目についた。聞くと、中身は染料と悪臭であるらしい。犯人ではなく隣りの客に命中したらどうなるのか。実習らしい実習も受けてないと言う。ダンスではなく、キャッチボールを必修とすべきではないか。

「キャッチボールを必修科目に加えます」文部科学省が声高に宣言する。国民は動揺しつつ、大人も子供も次第にこれを受け入れはじめる。ダンス同様、やってみると楽しい。日本国民全体のピッチング能力が格段に上がる。

会話のキャッチボールも増える。キャッチボールスクールが増える。話し方教室が減る。元野球選手の株があがる。比喩としての「一石を投じる」が、直喩としての「一石を投じる」に変化する。一石を投じたくなる若者が急増。「どうせ一石を投じるなら、かっこいい方がいいよね」って空気になって、お洒落な一石を各ブランドが扱うようになる。無能の人の周辺に確率変動が起きる。一石が高騰する。石不足が深刻になる。このニュースを扱ったニュースキャスターが「石不足って、医師不足よりも深刻なんですかね」と口をすべらせて、うっかり進退を問われる。どこに一石を投じるべきかのコンサルティング業が勃興する。一番信憑性が高いのは、時代という大きな時間に一石を投じた効果を測ってきた考古学者の意見ではないか。吉村作治の評価が上がる。板東英二の評価は何も変わらない。

2012年9月1日号

738文字で、
セルフブランディングを終わらせる。

セルフブランディング日和。セルフブランディング初め。セルフブランディング修行。セルフブランディング痛。セルフブランディング筋。セルフブランディング仲間。セルフブランディング部。セルフブランディング部全国大会予選突破。セルフブランディング部にマネージャー入部。セルフブランディング欲。セルフブランディング部マネージャーをめぐり、部長とキャプテンが対立。セルフブランディング覇権争い。セルフブランディング負傷。セルフブランディング危機。セルフブランディング熱血教師が、新しい顧問として配属。セルフブランディング熱。セルフブランディング全国大会優勝。セルフブランディング部員が大会に集中している間、セルフブランディング熱血教師がマネージャーに放課後セルフブランディング。セルフブランディング乱用。セルフブランディング中毒。セルフブランディング漏れ。セルフブランディング疲れ。若者のセルフブランディング離れ。

中年のセルフブランディング初め。中年のセルフブランディング修行。三日遅れでやってくる、中年のセルフブランディング痛。中年のセルフブランディングがワイドショーで話題に。セルフブランディング益。セルフブランディング枠。セルフブランディング市場。中年のセルフブランディング欲。中年のセルフブランディング乱用。中年のセルフブランディング中毒。中年のセルフブランディング離婚。中年のセルフブランディング疲れ。中年のセルフブランディング太り。中年のセルフブランディングから糖分検出。中年のセルフブランディング臭。中年のセルフブランディング離れ。

セルフブランディング不況。セルフブランディング破産。セルフブランディング解散。アンチ・セルフブランディング日和。

2012年11月24日号

オレオレ詐欺の反対語は、キミキミ融資だと思う。

電話口の男　キミキミ、キミだよね？
キミ　はい。
電話口の男　やっぱりキミだった。口座番号おしえてくれる？
キミ　なんですか？
電話口の男　キミがキミであるために、融資したいと思って。
キミ　知らない人から融資なんて、気持ち悪いです。結構です。
電話口の男　まーまー、そう言わずに。いくらなら融資させてくれる？
キミ　金額ではなく、信用の問題です。なぜそんなに融資したいのですか？
電話口の男　実は、交通事故で融資先を失いまして。本当に困っているのです。
キミ　それは災難でしたね。わかりました。詳しい話を聞かせてください。
電話口の男　助かります。30億くらいなんですけど、いいですか？
キミ　そんなに多額の融資、うけたことありません。

電話口の男　融資には税金かからないから、心配いりませんよ。
キミ　税金かからないなんて、有り得ません。やっぱり信用できません。
電話口の男　無担保・無保証・無利子・無期限の特別融資だから、大丈夫です。
キミ　困ります。
電話口の男　ワタシだって困ります。さっき融資受けるって言ったじゃないですか。
キミ　確かに言いましたが、額を聞いていませんでした。
電話口の男　ほんとはもっと融資したいくらいです。
キミ　だいたい、無担保・無保証・無利子・無期限で融資ができるのなんて、政府ぐらいです。
電話口の男　ご安心ください。ワタシは政府の者です。厳密にいうと、国そのものです。口座番号さえ教えてもらえば、国は永久にキミへの融資を続けます。
キミ　だから、さっきからそれが信用ならないと言っているのです。

2013年4月27日号

この歩道の車道側2Mはロボットが通ることがあります。

３Ｄプリンタの存在を知ったとき、少年時代の感覚が蘇った。昆虫が得意ではなかった。動きがトリッキーで、フォルムは奇抜で、簡単に手足が捥げたりして、とにかく気色が悪い。網で捕まえて、虫かごに入れて、餌を与えて、観賞する。悪趣味としか思えなかった。周囲の手前、ひと通りやった。いい思い出はない。あの、腹の部分の、ぷくぷくと来たら、虫酸が走る。虫酸が走るという言葉にも、虫酸が走る。

無理して昆虫採集に出掛けなければよかった。虫を捕るテイの網は、繊維状の細い有機ＥＬと振動体を交互に編み込んだものでよかった。存在しないはずの綺麗な生き物を捕らえればよかった。妖精でも、妖怪でもよかった。捕らえたもののうち、気に入ったものは３Ｄプリンタで出力すればよかった。ただ部屋に飾っても、人工知能を与えて生物として飼うのでもよかった。仕組みさえあれば、少年の狩猟と収集の欲望は満たされる。悪趣味に付き合う必要は無くなり、むしろ狩猟と収集のプログラム設計に、楽しく加担することができた。▼円城塔が、フィリップ・K・ディック賞特別賞を受賞した。日本人では、伊藤計劃に次いで二人目だという。「生活のためにも、世界的に通用する作品を目指して、精進して参りたいと思います」受賞の喜びを一言と向けられたマイクに、彼は淡々と答えた▼映画『ブレードランナー』で、その圧倒的な世界観を設計したシド・ミードは、かつてこう答えた。「私が描くデザインは、未来へのリハーサルでもある」▼2014年3月、サイバーダイン社が、東京証券取引所マザーズに上場した。「現実はSFを越える」上場発表の数日前、代表の山海教授は答えてくれた。想像に根拠が備われば、恐いものは何もない。感覚に言い訳するよりも先に、未来の標識のデザインを考えたい。

2014年5月10日号

発明のターン、開発のパターン。

人類がパターンを認識してなかったら、危ないところだった。たとえば、古代人が空を見上げる。雨が降りそうだなと思う。あれ、なんでいま雨が降りそうだと思ったんだろう。そうだ、こないだあんな形の雲を見たあと、雨が降ったからだ。経験したからだ。経験をパターン化したからだ。

人類がパターン化した経験を演習してなかったら、危ないところだった。雨を予兆する形の雲を見たのに、雨が降らない。このまま干ばつが続くと、作物が育たない。家族を養えない。雨乞いが必要だ。雨乞いを呼んだのに、雨が降らない。民の行いが悪いからだ。生け贄が必要だ。生け贄を捧げたのに、雨が降らない。生け贄が処女じゃないからだ。生け贄の処女は、自分の国から出したくない。国境線の拡張が必要だ。とは、もうならない。現代においては気象学とは、流体の運動の予測である。厳密な長期予測は不可能である。絶対的な権力をもってしても、それを操作することは容易ではない。傘もささずにリンゴ売り。蝶の羽ばたきひとつで生まれる竜巻の存在は認めるが、処女の生け贄による天候への影響は認められない。パターン化した経験を演習によって疑うことをしなければ、地動説は迷信のまま。神と天動説は、文字通り神格化されたままであった。要するに、人類は中世から脱却することが、永久に出来なかったのである。

パターン化した経験を繰り返し演習することで、未経験の経験を重ね、人類は本質へ近づいてゆく。過去と未来、認識と演習、宗教と科学、静寂と喧噪、悲劇と喜劇、そして闇と光。あらゆる種類の未経験を時代の空気に触れさせてこそ、新しいパターンが生まれる。偶然、パターンというタイトルの舞台を、作・演出した。ここに書いた論述をパターンAだとすると、上演したのはパターンBである。

2014年8月30日号

ピンポン玉ひとつ作るのに必要な時間とは？

この文章は738文字で構成されている▼140文字で済むような話から10万文字かけても結論が出ないものまで▼散文的かつ離散的に▼ここが問題です▼ロボットは東大に入れるのか？という国立情報研究所のプロジェクトで人工知能の可能性が試されているものの印刷された問題を解くことはまだ適わずあくまでアノテーションされたうえで入力されたデジタル情報を解いているに過ぎない▼スマホを持ち込むことができない前提の学校教育の先にデジタル領域で活躍する人材が育つのか▼しくじり先生や水曜日のダウンタウンなどインターネットの気分を上手に取り込んだ番組が結果を残しつつある▼ここがヒントです▼最初に偏差値50を越えた教科は世界史と国語▼数学ができるからといって物理ができるとは限らない▼物理ができるようになると格段に自動運転の精度が上がる▼数学の弱点は時間の概念がないこと▼猫とコンビニ袋を誤認識して危険を導く運転が行われるようではまだ法の認可

は下りない▼テレビにまだ持ち込まれていない気分▼動画サイトのタグから逆算▼その発想はなかった▼壁にかけられるタイプの水たまり▼溢れ出るセンス▼観賞用の洗濯機どこかに売ってないか▼そこはかとないエロス▼黒板をノートに写さなくてもよい前提で展開される授業ではいよいよ教師の本領が試されることになる▼謎の説得力▼今後のデジタル領域を担う小中学生にスマホの持ち込みを禁じること自体おかしい▼検索しても簡単に解けない試験問題から考えなさい▼いいぞ、もっとやれ▼流行に句読点をまぶすことがコピーライターの仕事だと思ってないか▼これは、ひどい▼おいやめろ▼ほんとの意味でけしからん▼ピンポン玉ひとつ作るのに4ヶ月以上▼星による等級に二つ星は存在しない▼実質がログアウト

2016年2月13日号

ハイヒール多き女、その知られざる物語。

きゃりーぱみゅぱみゅのコンサートを観た。共演の材料を持ち帰れそうだと安堵した瞬間、想像のスポットライトがバックダンサーにぶち当たった。ハイヒールだらけのトリッキーな衣装、それを身にまとい踊るまでの女の物語。

ローソンで水色のストライプのシャツを着てる人がいても、店員だとは思わない。店員みたいなシャツを着た客に話しかけてしまったことがあるからだ。ツタヤでダンガリーシャツを着てる人がいても、まだ店員だと思わない。店員じゃないのに客から話しかけられて準新作の棚まで案内したことがある。ただし、いきなりステーキでサンバイザーみたいなマスクをしている人がいたら、間違いなく店員だと特定する。あの特殊なマスクを、いきなりステーキ以外でまだ目にしたことがない。同じ理由で、ハイヒールだらけの服を着てる人がバックステージにいたら、間違いなくハイヒールの人だと断定してしまうだろう。ダンサー仲間から「練習してたら、かかと折れちゃった」と言われればハイヒールをひとつ捥ぎ、「これからデートなのにシューズで来ちゃった」と言われればハイヒールをひとつ捥ぎ、してきたのだろう。最後のハイヒールを捥いだとき、衝撃の事実が明るみとなった。ヨドバシカメラに店員じゃない家電メーカーの人が紛れ込んでいるように、女はこの世界に入った。ハイヒールをそれらしくディスプレイするよりも、服に縫い付けてしまったほうがカワイイ。営業担当の彼女のアイデアだった。もうステージに上がれない。きゃりーぱみゅぱみゅの楽屋まで謝罪にいくと、「あたしそんな事情しらねぇし！」「引き続き、頼りにするし！」、ハイヒールが補充された衣装をプレゼントされた。プリーズブッチャヘンズアップ、原宿でいやほい。女は、ハイヒールを振り乱して踊った。

2017年5月20日号

逃亡と生活とダイエット、要するに流行について考える。

菊地直子容疑者が逮捕された。先にことわっておくが、これから書こうと思っているのは流行についてである。だから、不意にフイナムで公開するのである。無論、オウムや事件そのものと僕はなんの関係もない。因果もない。先入観もない。ただ、さっき、ニュース越しに痩せ細った彼女の写真を見てふと、ぼんやり考え始めたのである。

川田十夢@cmrr_xxx
逃亡ダイエットという名前の本を出版するとして。当事者が実名で実用書として書くのは不謹慎であるが、第三者が本質を把握するために書いた小説であれば文芸作品になり得る。

2012年6月4日

流行というのは移り気なものである。ただし、本質の一端をあらわす現象でもある。そこには誰かの必要と切実とがないまぜになっている。法とジャーナリズムの文法に則った報道からは、それが伝わってこない。法人格から人格が伝わってこないように、法に触れたものは片っ端から感情を失ってゆく。時効停止の末、十七年にもわたる逃亡生活である。これを支えてきたものが、宗教と宗教的なものの本質を現している気がするし、それを支え続けた気分というものがとても気になる。またそれを描くには、現実の法や重力から解放された視点が必要となる。呼吸をしてみることが重要である。文芸である。

川田十夢@cmrr_xxx

何のために走ってきたのか。何のために走り続けたのか、である。それを支え続けた気分というのは、実はとてもポップで、流行に似たものだと思うのである。

2012年6月4日

彼女は長距離走の選手だった。高校生のとき、校内の大会で優勝したことをキッカケに走ることに目覚めた。走ることが好きだった。怪我を負った。その治療のためにヨガを始めた。ヨガの教えに目覚め、周りの反対を押し切り出家をした。出家した先の宗教団体が起こした事件との関与を疑われた。指名手配となった。彼女は走った。そこには道と走り続ける理由があった。それを支える気分があった。

長距離ランナー特有の思考。それは、距離と時間とそこへ向かう速度が綿密に紐づいたものである。その思考を基本としながら、あらためて彼女の時間を遡ってみる。走り始めた当初は「まだ始まったばかり」「先は長い」と心を引き締める。その段階で、誰に引き留められようと、聞く耳を持たない。やがて、ゴールだと思っていた場所に差し掛かる。自分が予想していた熱狂とは違っていた。大会の主催者が次々と逮捕される。大会のスローガンがすべて否定される。指名手配となる。ゴール地点の見えない新しいマラソンが始まる。どんな気分で彼女は走り続けたのだろう。走るのをやめたのだろう。

犯罪は犯罪として罰せられるべきであるとは思う。でも、それを後押しした流行のような気分の正体を把握することは、僕の仕事の一部であるような気がしている。重いものを軽くするために、軽いものを重くするために、である。

フイナム　2012年6月5日

第四章
空間
二点間の距離を求め合いなさい

未来が幻になる前に

未来について語るわくわく感が消える頃、決まって幻とか幽霊って話になる。決まってというからには明確な根拠がある。

ハードウェアとソフトウェアの両面で膨大な省略を生み出してきた男が亡くなった。林檎のマークとシンプルなデザイン、新しい体験、全てに裏付けされる明確なビジョン。コンピューターと人間の未来を背負ってきた男の死である。簡単に忘れられない。幻となって人々の心に生き続ける。

幽霊という小説を処女作とする偉大な作家も亡くなった。親の七光りと言われるのを避けるために心酔するトーマス・マンにちなんで名付けたペンネーム、躁状態（あかるい気分）で株式投資して破産した経験を小説にしたり、ムツゴロウ王国と同盟を結んだり、どんなシリアスな題材を扱うにもユーモアを欠かさない人だった。

こないだ日本科学未来館でARの未来について講演してきたのだが、科学技術について語る場でも幽霊は現れた。オーガナイザーの稲見昌彦教授が、元祖ARとしてペッパーの幽霊を例に挙げたのだ。ペッパーの幽霊とはロンドン工芸大学の講師をやっていたジョン・ヘンリー・ペッパーが考案したハーフミラーを使用したトリックの名前である。科学技術と娯楽が分離していない頃にそもそもARが実体化されたとして引き合いに出されたのだが、あまりの符合に本物の幽霊と対面したような気分だった。

他にも、ゆらゆら帝国の坂本が幻とのつきあい方というニューアルバムを出したり、いまポケットに入っている単行本が安部公房の幽霊はここにいるだったり、ツイッターでオバQを偶然フォローしていたり、幽霊や幻との遭遇の機会は事欠かない。

残像に目を奪われている間、時は頷くように縦に大きく進む。幻の喪失感に見舞われる前に、好きな人の手をしっかり握っておこう。

2011年11月12日号

ファックスは、未来とつながっている。

大山のぶ代さんにナレーションを依頼した。「近未来は今」というタイトルの、僕がはじめて製作総指揮を手掛ける作品だ。近未来に本当にかなう情報システムだとか電気自動車の性能を、ホログラフィとプロジェクションマッピングという技術を使って実車に投影する。フィクションのような質感をした、ノンフィクション作品だ。ふたつの意味で映像の中だけで展開しない、産業サイズの企みでもある。拡張現実シアターと名付けたこの真新しいジャンルに、声を与える。大山のぶ代さんしかいないと思った。事務所にかけあった。ファックスしか通じないと言われた。

中学時代の大山のぶ代さん、声が原因でいじめに遭っていた。家に帰ってしょんぼりしていると、母親にこう言われた。「目でも、手でも、足でも、そこが弱いと思って、弱いからといってかばってばかりいたら、ますます弱くなっちゃうのよ。弱いと思ったら、そこをどんどん使いなさい」次の日、のぶ代さんは学校で声を出すクラブを探した。放送研究部に入った。それから25年後、原作者の藤子・F・不二雄先生から「ドラえもんはあなただったんですね」と、声をかけられた。それから勇退するまでの26年間、のぶ代さんはドラえもんしか演じなかった。さまざまな声優のオファーを断った。理由は「あの子に夢中で、他のことに気が向かなかったから」と自著作にあるが、実際のところは、未来の声の持ち主にしかわからない役目だとか覚悟だったのだと思う。

そんなのぶ代さんに、ぼくはナレーションを依頼した。断られた。未来に声を与えられるのは、あなたしかいない。粘った。声が届いた。シナリオを一気に書き上げた。最後の台詞は「ぼく、大山のぶ代でした」。声を預けてもらった僕からの「ありがとう」と「おつかれさま」だった。

2013年1月5日号

↑↑↓↓←→←→BA

細切れになった現代の時間には、「→」（矢印）が常に存在している。それは、乗車している乗り物が向かう方角かも知れないし、進行方向から導かれる気分かも知れない。重力や、運命かも知れない。あんまり意識していないことだったので、不意にフイナムで書き散らしておこう。

↑

通勤時間の電車。混み合った車内には、新聞や本を広げる空間はない。上を見上げる猶予だけがある。地面は会社に向かっている。誰かと顔を合わせて話をする時間と場所が、迫っている。自分から話をするタイプであれ、聞くタイプであれ、何かしら話題に触れなくてはいけない。だから、狭い車内でも、顔を見上げてまで、中吊りの言葉を読む必然がある。

↑

抜けのいい空を見る機会が少ない都市生活において、いちばん意識的に上を向いている空間は、エレベーターだろう。さっきまでヒカリエにいたのだが、ヒカリエのエレベーターの天井は、なぜあんなに高いのだろうか。

渋谷にキーフェルという喫茶店があるのだが、そこの天井も無駄に高い。本当に無駄だと思っていたのだが、最近思い直した。天井が高い空間には、もれなく高級感が備え付けられている。逆に、天井の低さは、カジュアルさを演出できることになる。だから、宇多田ヒカルが狭い空間でデビューしたのは、正解だったと言える。

↓

バスで唯一、納得できないことがある。「足元に注意してください」の注意看板が、ちょうど段差がある車内の上部にテカテカと出ている。上に見とれてうっかり直進すると、足元の段差で転倒することになる。この矢印が「現代の情報デザインの落とし穴」を示す矢印であれば大正解。人間の安全性を考えての設計であれば、完全なる不正解だ。

↓

「足元」や「落とし穴」や「地獄に堕ちろ」を示す下向きの矢印は、前向きな意味ではあまり使われない。でも、時間感覚で仕事をしている人間にとっては、この矢印はとても重要なものだ。たとえば、映像制作の現場。マーカーと呼ばれるピンを、時間軸に対して垂直に差し込む。そのピンは、編集点とも呼ばれる。編集点は「←」でも、「→」でも、「↑」でも、しっくり来ない。「↓」でないといけない。

編集点をつないで完成した産物。映画を観に行く側にも、下向きの矢印は存在する。不確かな毎日を過ごしていると、重たいテーマの映画を観たくなる。「腑に落ちたい」し、「存在を重くしたい」。重くなりたいと望んで映画館に足を運んだのに、浮かれたハッピーエンドだったりすると、上映前にメロディアスに禁じられたはずの行為に及びたくなる。つまり、前の席を蹴り飛ばしたくなる。エンディングという名の終着点にどういう矢印が待っているのか、観る前に把握しておきたい。そういう映画の見方があってもいいはずだ。

←

リモコン操作によって、「◀◀」が巻き戻しを示すことが身体に馴染んでいる。「←」が過去の方向を示すことを、身体が覚えている。急に思い出したのだが、マラソン中継はどうだっただろうか。選手は、左から右に走っているだろうか。右から左に走っているときは、過去の方向。つまり、折り返し地点以降を示しているだろうか。全く意識していなかった。今度じっくり見てみよう。ブラウザでひとつ前のページに戻るときの矢印は、やっぱり「←」だけど、これは世界共通認識なのだろうか。「→」が戻ることになる文化圏は存在しないのだろうか。

　横井軍平が任天堂時代に発明した玩具でレフティＲＸという代物があった。左にしか曲がれないラジコンだが、そうすることで１９７３年当時とても高価だったラジコンを、１／10の値段で売ることができた。いまだに比較的高価な自動車も、いっそ左にしか曲がれなくしてしまえば、売れるし、渋滞も減るのではないだろうか。いや、増えるか。いやいや、右にしか曲がれない車も作ればいいのか。違うか。

→

回転寿司の回転の方向は、なぜ「→」の一辺倒なのだろう。時計回りはすなわち「→」（右回り）であるからして、回転を続けると同時に古くなる演出は正しい。でも、鮮度を保ちたいのであれば、反時計回りであった方がいいような気もする。調べてみると、右利きの人は右手に箸を持っているから、時計回りの方が左手で掴みやすいというつまらない理由だった。たまに逆回転してくれる店とか、あればいいのに。どんどん鮮度が、上がってゆけばいいのに。鮭がいくらになったらいいのに。

←
→

スケートボードに乗る前に、利き足を決めるプロセスがある。背中を押されて右足が先に前に出れば「←」（レギュラー）、左足が先に前に出れば「→」

（グーフィー）。利き足とは別の方向に矢印が向いているのが通常で、たまに利き足の通りの矢印がはたらく場合もある。矢印が進む方の足は、即ち軸足となる。蹴り出すのが利き足。利き足で勢いをつけて、利き足じゃない方をしっかり地面に着けるという感覚。スケードボードに乗る人間特有のものだったが、乗らない人も利き足と矢印について把握しておくと生活がスムーズになるだろう。

スーパーマリオが発明だったのは、右スクロールで展開するゲームだったことだ。画面の中のマリオ自身は、実は「←」に進んでいる。リアリティの世界では、「←」「→」が逆になる。夢を見ているとき、自分自身の姿が俯瞰で見えるときがある。それと同じ感覚。

BA

スーパーマリオでもうひとつ発明だったのは、Bボタンを押してダッシュ、Aボタンを押してジャンプというルール設定だろう。ダッシュして速くなった分、高く遠くまでジャンプできる。この飛躍がなければ、十字キーは数多在るコントローラーのひとつでしかなかっただろう。

空間に矢印を表示できるとして、それをフリーハンドで認識できるようになったとして、人類は次にどうやってリアリティとの折り合いをつけてゆくのだろう。何に触れて、何を実感するのだろうか。拡張現実的な問題定義はもう始まっているが、コナミコマンドはまだ現実には実装されていない。

フイナム　2013年4月19日

東急ハンズで寝てる人。とってつけたような話。

僕は、1976年8月28日に生まれた。まったく同じ日に、東急ハンズは誕生した。だからという訳でもないのだが、別にロフトでもよかったのだが、東急ハンズ渋谷店に、僕は出掛けた。ミュージックビデオの撮影に使う、マジックハンドと大きな虫眼鏡が必要だったからだ。まず、6階のパーティ&バラエティ売り場を目指して、エレベーターに乗った。乗降口付近には、なぜかいい感じのベンチがあって、寺山修司に似た男がひとりで気持ち良さそうに寝ていた。何もハンズまで来て、寝ることもないだろうに。特に気にするでもなく、目的のマジックハンドを見つけて、レジへ向かった。店員は手際よくそれを梱包し、最後に取っ手の構造をしたシールを貼った。なるほど。これで、長細くて摑み難い包みを、簡単に持ち帰ることができる。取っ手には、東急ハンズのロゴがプリントされていた。オリジナルなのだろう。何でも品揃えしておくということは、何でも梱包できるということ。何にでも取っ手をつけられるということは、全てをお持ち帰りいただけるということ。なんというプロ意識。ロフトにしなくてよかった。敬意を表して、エレベーターを使わずにステーショナリー売り場まで歩くことにした。6Aからはるばる1Cまで、直線距離にしてどのくらいあっただろうか。虫眼鏡を買い終えた頃には、だいぶ疲れていた。そしてふと気がついた。取っ手のついたマジックハンドを6階に置いてきてしまった。そそくさとエレベーターで6階へ。お、ちょうどいい場所に、ちょうどいい感じのベンチがあるではないか。少し休もう。瞼を閉じて暗幕が付近を包むと同時に、耳元で声が聞こえた。「ベンチがあるから眠いのではない。眠いからベンチがあるのだ」特徴のある訛りと吃り。声の主は、静かに席を立った。

2013年7月20日号

無名と有名の間にある、無色透明の底なし沼について。

午前中の僕は、おもしろくない。だから、大切な打合せや執筆は、午後に設定している。どうおもしろくないかというと、まだ整理がついていないことを整理がついていないまま話したりする。たとえば、昨日見た夢とか、テレビとか、未練とか、昔読んだ難しい本だとか。何がつまらなくて、何がおもしろいのか。表出の意識に自覚がない。原稿というのは不思議なもので、そこに書き落とされる前の意識は、すっかり削ぎ落とされる。日常に何があろうがなかろうが、原稿は知ったことじゃない。原稿に書かれたことがすべて。書かれたことが書かれたまま、読者のなかでイメージになる。逆に、書けばすぐ誰かが反応してくれる前提で書かれた言葉は、原稿に落としても意味を為さないと考えてしまいがちだが、そうでもない。トートロジーとクリシェラインの違いというものがある。午後に書いているにもかかわらず、午前中みたいになってしまったが、要するに何を言いたいかというと、僕はいま無色透明の底なし沼にいて、それがわりと心地よいということだ。有名でもなく無名でもない。街を歩いても、露骨に指で顔を差されることがない。お金がないわけでもない。悪いことをしようと思えばいくらでもできるし、善行だって無駄に重ねられる。どちらをしても、偽善だとか言われない。この心地よさには、おそらく限界がある。どんな拍手喝采を浴びても、すべてこの沼に吸収されてしまう。やったことが、やったことにならない。書いたことが、書いたことにならない。言ったことが、言ったことにならない。傷がつかない代わりに、遠心力が備わらない。無名にも、有名にも、響かない。そろそろ、この沼から足を洗うことにした。チャンネルはそのまま。ひきつづき、おもしろくなった午後の僕を、お楽しみください。

2013年8月17日号

二点間の距離を求め合いなさい

距離と時間と速さの関係、小学校で習って以来、三十年ほどの実生活を経て、物理法則として正しいのは理解したのだが、とくにインターネット以降の世界の在り方を考えると、矛盾を感じてしまう。たとえば、遠くの誰かが、自分だけだと思っていた鬱々とした問題について、考えている。それを明るみにした瞬間、それが物理的な距離と時間を越えて、圧倒的な速度をもって接続することがある。

分人主義という考え方がある。これは、作家の平野啓一郎が、小説を書き進めるうえで必要となってきたもので、世間一般に言われる個人主義と対をなすものだ。不可分であると思われていた個人を、さらに分人という単位で分けてみることで、環境によって使い分ける個の存在を認める。複雑に関係し合う全ての環境を、何もひとつの個性で生き抜かなくてもよい。SNSごとに匿名実名使い分け、それぞれのサービス環境にあった発言を繰り返す現代人にとっては、いわば福音のように作用するものである。

分人を掲げた方が楽なのに、敢えてひとつにまとめようとする表現者がいる。例えば、大森靖子。アイドルへの憧れと、シンガーソングライターとして時代に垂直に立とうとする個人を、メジャーで両立させようとしている。ある偉大な詩人が「生活することと生きることは違う」と明言してもなお、彼女の言葉は音楽になって、洪水のように横溢し続ける。

相互リンク、相互フォロー。相互に関係を結ぶことが、インターネットの世界では友好の証となった。物理法則は、そもそも人間が自然を観察することで導き出した法則である。次の文明で行うべきは、そこに潜む密度の存在を、物理法則で明らかにすることではないか。まずは、インターネットを通過しても個人分人の骨に響く、音楽に耳を澄ませることではないか。

2015年3月7日号

まだ青かったみたいに、黄色くなる前の話をしてくれた。

イエローさんっていう人がいてね、きっとあなたと合うと思うの。胸元にニューとプリントされたTシャツを着た女性が教えてくれた。彼女曰く、イエローさんはグラフィックデザイナーで、黄色い仕事しか請け負わない。打ち合わせも黄色い場所でしかしない、移動は黄色いタクシーしか使わない。黄色は数字でいうと3だから、3並びでしか請求書を出さない。ジョジョに出てくるスタンド使いのような奇妙な設定、ニューの女性を介して直接会えることになった。

渋谷にあるアミアブラという肉料理の店で待ち合わせ、黄色い看板はイエローさんが手掛けたという。イエローさんは、イメージ通りの黄色さ。厳密な言い方をすると、黄色いTシャツを着て、黄色いノートに黄色いペンでメモを取っていた。「まだ青かった」みたいなニュアンスで、「まだ黄色くなる前の話」をしてくれた。ずっと聞いていたくなる。とはいえ、このまま一方的に話を聞き続けると、イエローさんの黄色がいつか退色してしまうかも知れない。きっと永い付き合いになる。目には目を、黄色には黄色を。三兄弟になるずいぶん前の、つまり僕にとっての黄色くなる前の話をした。小学生の頃に流行させた霊幻道士ごっこ、本物のお札かどうかを見分けるために、中身まで黄色いかどうかを確かめるルールを設定した。聞くと、イエローさんも予算があるときは中まで黄色い紙をクライアントに提案するという。仲良くなれると思った。いつか一緒に、黄色い黒電話を作ろうと約束した。

別れたあと、イエローさんの良さは何だろうと考えた。有限から無限を導く、引き算だと思った。テクノロジーの進化によって、誰もが発色のいいカラーを最初から出せるようになった。ワンパターンにこそ連続性がある、拡張性がある、夢があるのだ。

２０１６年７月30日号

テレビ番組のおもしろさは、銭湯で測るべきだ。

銭湯に通っている。サウナ代300円で黄色いバスタオルが手に入るし、20円でドライヤーが3分間使える。脱衣所にある本棚には、コンビニで買える感じの漫画が並んでいる。サウナは勿論、湯船にまで持ち込むことができる。人気があるタイトルはすぐに分かる。湯気で大きくページが波打っているからだ。ミナミの帝王を横から見ると、ちょっといいブラウスのフリルみたいになっている。1ヶ月も通えば、自ずと常連の風格が備わる。常連の風格とは何か、湯船に入ったときに「ふぅー」「あぁぁぁ」と静かにリラックスできることだ。サウナ室で肌がフリーズドライの質感になるまで粘る先客に動じないことだし、変な対抗意識を燃やさずに軽く会釈して先に出ることでもある。

中野にある明治大学の研究室で、最新のVR装置を体験したときのこと。NTTで触覚工学を研究する先輩と後輩が一緒に参加していた。まずは年長者である触覚工学の先輩が、ヘッドマウントディスプレイ越しに襲い来るゾンビと対峙。さっきまで威風堂々としていた先輩が、ゾンビをナイフで刺すたびに「うぁぁぁ、ごめんなさい、ごめんなさい」弱い声とともに何度も頭を下げた。「あんな先輩初めて見ました」と遠慮がちに指摘した後輩に順番が回ってくると、光の放物線を操作しながら「ションベンビーム!!!」と大きな声を上げた。「さっきの何?」聞くと、「いつも用を足すときに心の中で言ってきたやつ」と恥ずかしそうだった。

湯船で思い出していると、脱衣場が騒がしい。常連たちが風格をかなぐり捨てて、われ先にとテレビを観る場所の取り合いをしている。まなざしの向こうには、ダウンタウンのガキの使いやあらへんで。視聴率低迷なんて嘆くまえに、この混沌を見て欲しい。黄色いタオルで身体を拭いて欲しい。

2017年8月27日号

空間に配置された誰かの記憶を、尾行してみる。

露骨な発明を遂げてしまった。誰かの存在を、気配として記録するということ。空間を保持したまま、時間を固有の経験として再生するということ。かねてからイメージがあったものの、言葉には繰り返ししてきたものの、なかなか形にできなかった。ようやく実装することができた。プログラムが動いている様子をビデオキャプチャして、ツイッターに投稿した。凄まじい反響。ジャンルと海を越え、多くのクリエイターや研究者から反響が届いた。ロシアやポーランド、ニューヨークからもリプライがあった。ポール・オースターというアメリカの小説家のことを思い出した。

『シティ・オブ・グラス』『幽霊たち』『鍵のかかった部屋』、ニューヨーク三部作と称される彼の初期作品は、とても奇妙な読後感を残す。まったく別々の物語のようでいて、まったく同じことが書いてある。探偵小説のようでいて、哲学書のようでもある。登場人物の本棚を経由して、旧約聖書にまで遡る。伏線を回収する気配がまるでないところからして、作為を読者に悟られまいとする現代小説家の気概を感じる。露骨に原稿用紙を拡張している。ジョン・アーヴィングと並んで、好きな小説家。近況が気になって、彼のインタビューを読んだ。

ある日、ヴィム・ヴェンダースから、一緒に映画を作りたいと手紙が届いた。その二週間前、雑誌から希望の対談相手を聞かれてジャンヌ・モローの名前をあげた。東西ドイツが統一された日、ヴェンダースとドイツで初対面を果たした。このあと、パリでジャンヌ・モローと会うと伝えると、さっきまで現場で一緒だったという。偶然を小説の中に取り込まないことこそ、リアルではない。この原稿を書いていると、フランスの大女優ジャンヌ・モローがパリの自宅で亡くなったというニュースが流れた。

2017年8月12日号

第五章

密度

消耗しないスピードのかたち

矢印の存在、消失のパースペクティブ。

幼年期から、変わらず好きな遊びがある。真っ白い紙に、鉛筆で無秩序な点を与えてゆく。ダダダと点を打つ度に、浮かび上がる幻影。イメージの点線が、やがて輪郭線となり、象であったり、母親であったり、地図であったり、昨日であったりが、具体的に浮かび上がってくる。星座を逆算するみたいなこの遊びを続けるうちに、ひとつ問題が出てきた。書き順だ。無秩序な点を、無作為に結んでいても、気持ちよくなくなってしまったのだ。点と点の間には、利己とはべつの因果関係があり、それを無視することは、文明の根本を否定することのように思えてきたのだ。

人類が文明を残せたのは、(もの凄く端折っていうと)「指さし」という行為で誰かが重要を示したからだし、誰かがそれに反応して重要視するようになったからだ。万物の起源が流転しようが、火であろうが、水であろうが。万物とは何を示すのか、まずは指で周縁を描かなくてはならないし、示した方向に矢印を集めなければならない。

文字通り文明単位で、矢印の起源について調べてみると、その起源は2世紀にまで遡る。現在でいうとトルコに位置するエフェソスの歩道に残された足跡が最古のものである。足跡が向かう方向には、売春宿が存在していた。また、その足跡の隣には、それを示すように女の絵が描かれてあった。

イメージという言葉には、利己と利他が含まれる。どちらを重要視しても、点を結ぶ順番は定まらない。インターネット以降、距離と時間と速さの公式が、軽はずみなものになってしまった。最大公約数や最小公倍数でさえ、もはや前時代的である。誰もが、売春宿を求めて、道に迷っているわけではない。ただ衆目を集めればいいという問題でもない。次の時代を見渡すためのパースペクティブは、消失点の向こう側にある。

？014年10月25日号

どう観たらいいか分からない番組は、クソゲーよりもタチが悪い。

ドラゴンクエストというゲームタイトルを発明した堀井雄二が、つまらないゲームの七原則について書いたことがある。これが、あらゆるエンターテインメントの掟であるように思えて、他人事ではない。

壱：絵が下手ではいけない。**弐**：操作性が悪くてはいけない。**参**：ゲームに変化がなくてはいけない。**四**：エンディングは、プレイヤーの苦労に応えるものでなければいけない。**五**：ゲームバランスを考えなくてはいけない。**六**：プレイヤーに無駄な手順を踏ませてはいけない。**七**：プレイヤーを無闇に待たせてはいけない。

とある雑な深夜番組に出演したとき、この掟について思い出した。プレイヤーを視聴者という言葉に置き換えると、つまらない番組の理由の大半を、克明に洗い出すことができる。逆に、ガキの使い 笑ってはいけない、連続テレビ小説 あまちゃん、日曜劇場 半沢直樹など、数字と衆目を集めた人気番組を改めて振り返ってみると、図らずともこれらの掟を忠実に守っていることがわかる。かつての人気番組、料理の鉄人が、アイアンシェフとタイトルを変えてリニューアルして再登場するも、人気が振るわなかった理由もここにある。アイアンシェフは、**壱**：観客の拍手を煽る番組スタッフが常時見切れており、**弐**：挑戦者はノミニーという親しみのない名前に変えられ、**参**：情報番組のように薄っぺらい情報の垂れ流しに終始し、**四**：審査員や実況の言葉に力はなく、**五**：登場する鉄人は番組都合で勝手に決められ、**六**：放送時間と視聴者の食事の時間は丸かぶりしており、**七**：主宰の狂気が薄まった上に1時間になった放送尺は、もはや冗長でしかなかった。

どう観たらいいか分からない番組は、クソゲーよりもタチが悪い。視聴者という名のプレイヤーは、何の根拠もなく暴徒化しないのである。

2014年3月15日号

レパートリーに、
ミディアムナンバーを加える。

アップテンポとバラード。ふたつのテンポの代表曲があるアーティストは、息が長い。サザンオールスターズでいえば、勝手にシンドバッドといとしのエリー。真心ブラザーズでいえば、スピードとサマーヌード。バンプ・オブ・チキンでいえば、天体観測とプラネタリウム。なにも、国内のアーティストに限った話ではない。海外の音楽や絵画や映画についても、同じことが言える。ビートルズでいう、抱きしめたいとレット・イット・ビー。パブロ・ピカソでいう、アビニヨンの娘たちとゲルニカ。ウディ・アレンでいう、泥棒野郎とアニーホール。もっとざっくり緻密に言うと、表現者に限った話でもない。おぎゃーおぎゃーとアップテンポに生まれてから、うっとりバラードで死ぬまで。ふたつのテンポの間を、人間は当たり前に往来している。アップテンポとバラードの間に在る緩急は、個々のナンバーをより速く、しっとりと正確に聴かせてくれる。自分の人生とつないでくれる。他人事でしかないはずのリアリティを、我がものにしてくれる。

2014年3月31日。笑っていいとも！という名前の、ミディアムナンバーが終了した。アップテンポからバラードへ、バラードからアップテンポへ、生から死へ、死から生へ、つなぎとして機能していた重要なミディアムナンバーを、日本国民は露骨に失ったのだ。「明日もまた見てくれるかな？」「いいとも！」とりあえず条件反射したものの、明日から何を見ればいいのか。何を聴けばいいのか。次の曲は、アップテンポなのか、バラードなのか。生に向かうのか、死へ向かうのか。タモリが視聴者へ向けたマイクは、どこへ向かうのか。海賊が奪うのか。わからない。僕はただ、それを音楽として受け取ることにした。レパートリーに、ミディアムナンバーを加える。

2014年4月12日号

切手を貼る前に、手紙が届いてはいけない。

坂本慎太郎が、あるインタビューで奇妙なことを言っていた。この世界で一番あってはいけないことは、例えば観葉植物が話しかけてくること。確かにあってはいけない。

自宅から外へ出かけようと、ドアを開く。外側の住人たちが、一斉にギョッとした目でこちらを睨む。せめてノックくらいしてくれと言わんばかりである。すいません。ドアを閉める。こちらから改めてアポイントを取って、再びお邪魔いたします。

時間を改めたし、アポイントも取った。いよいよ外へ出かけようと思った矢先、こんどは靴が無くなっている。先方へ電話をかける。あらあら、川田さん。靴だけお見えになるなんて、おかしな人ね。次は、一緒にお越し下さいね。すいません。お手数ですが、今から伝える住所まで、私の靴を送っていただけますか。

変な時間になってしまった。テレビを点けると、昨日の天気予報がやっていた。どこかの水族館が、お天気マークのバックに流れていた。シーチキンの缶詰がうつぼ状に連なって回遊していた。足の皮みたいなのがゆらゆらしていた。チャンネルを変える。見知らぬ小学校の校庭が映った。授業が行われるわけでも、児童たちの様子を伝えるわけでもない。ただ、校庭だけが映っていた。行ったこともない学校だが、何だか様子がおかしい。よく見ると、地面に埋まっている古タイヤの数が多過ぎる。あんな校庭で遊べるはずがない。みなさんご存知みたいに書いたが、全部あってはいけないことだ。

コンビニでは必ずといっていいほど、安全ピンを売っている。大きなやつと小さなやつが連なって10個ぐらいずつ、合計20個がパッケージになっている。ゼッケンや名札に便利！と印刷されているが、それほどニーズがあるとは思えない。あの足の皮みたいなのは、エイヒレだったのかも知れない。

2014年6月7日号

前略、流行から古くなる技術について

ケミカルウォッシュについて、考えたことがあるだろうか。80年代後半に大流行し、バブル崩壊とともに失速した、まだら模様の色落ち技術である。多くの人がストーンウォッシュと混同しているが、無理もない。ケミカルとストーンの合わせ技で出来た風合いを、総じてケミカルウォッシュと呼んだ。2011年に入って、原宿の若者を中心に再流行したが、あくまで懐古的なものであり、80年代後半の「誰もが無条件にかっこいいと思っていた」ニュアンスとは大きく異なる。あくまで、いったん古くなったものとしての再登場。浮かれた感じで「これ、ケミカルウォッシュなんですー」と声をかけてくる若者に対して、「ストーンウォッシュだけどな!」。訂正を入れたくなるのは、古くなってしまった元最先端の人間、おじさんのサガである。ロマンシング サガである。

ドラクエVIから、攻撃力や守備力などといった戦闘に関係のある数値とは別に「かっこよさ」が登場した。これまでは厚手の鎧だろうが、鉄のオノだろうが、強くなるためならデザインを問わず購入していた。それが、かっこよさの登場によって、一変してしまった。たとえば水の羽衣は、イメージからしてうっすい布切れが縫製されただけで、なんだか心もとなかった。地獄のよろいと同じ守備力でありながら、かっこよさが42も上がるなんて、なんてかっこいいんだ。かっこよさがあるんだ。地獄のよろいは、それを選ぶプレイヤーのセンスは、なんてダサいんだ。そうなった。

流行の要素を取り入れたドラクエに対して、ファッションの世界はこのかっこよさに順当するステータスを、まだ導入できていない。かっこよさを画面の中で共有できないものに、かっこよさはない。これに準ずるのも、カウンターを与えるのも、ファッションの技術である。

2015年9月26日号

想像のブラジャーと瀕死の双六問屋

とある下着メーカーから、未来のカタログを開発してほしいとオファーがあった。「想像のブラジャーを着せたり脱がせたりするような仕事」を続けている自負のある僕は、これを快諾した。表紙を飾る予定なのは、紗栄子だと聞いた。横顔が見たいし、見せたいと思った。真正面からの表紙のカットを、ぐるぐる回せる機能をまずは思いついた。あらゆるカタログには、スペックが印刷されている。価格、カラーバリエーション、サイズ、素材など。扱う商材が下着であればなおさら、正確かつ厳密な情報が求められる。スペックを見定めることが楽しくなるような、紙のページから直接ショッピングカートに商品を入れられるような、斬新と省略が同居するライフスタイルそのものを、機能として加えた。もうひとつ秘密があるのだが、言葉で表層化することで失われる価値がある。ここではまだ明らかにしない。

とある番組から、立川にある印刷会社をクリエイティブにレポートしてほしいと、ざっくりとしたオファーがあった。声をかけてくれたディレクターは、かつてテレビ番組で山海嘉之と僕を並列で扱ってくれた人物でもある。何か目論見があるに違いない。快諾した。訪れてみると、確かな技術と開発に時間を惜しまない中小企業の姿があった。法人も人間も綯い交ぜに扱える未来の双六を作りたくなった。サイコロを振って止まったマス目にスマホをかざすと、イベントが再生される。創業時の会長の苦労だとか、二代目社長に託された社員を大切に思う気持ちだとか、日々の労働と確かな生きがいだとかが、可視化されてゆく。誰かが最初に機能として留めておかなければ、生活は退色してゆくばかり。かつて忌野清志郎がブロスで連載していた『瀕死の双六問屋』、タイトルの本当の由来がようやく見えてきた。

2015年10月24日号

ピークをどこに持ってゆくのか問題

ギャラクシー街道が地獄のようにつまらない。三谷幸喜ほどの作家が、わざわざ評判を落とす作品を、世に送り出すとは思えない。何か目論見があるはずだ。そう思って、劇場に足を運び続けた。ステキな金縛りあたりから、もう駄目なんじゃないかと感じた。清須会議に至っては、キャスティングも時間配分も台詞回しも伏線も、すべてが空振りだった。舞台公演も鬼のように打っている。忙し過ぎる。野球選手も映画監督も、数字を残さなければ次の打席は回ってこない。三谷幸喜は違う。どんな駄作を送り出しても、数字が残ってしまう。関係者が誰も反省しない。これはある意味、地獄ではないか。

ここ数年、舞台の作・演出・開発を手がけた。パターンというタイトルには、プログラムが機能する場所を増やしたいという目論見があった。文化にも文明にも作用するシナリオ言語を発明したい。そう胸に秘めているものの、完成には至っていない。劇場は、僕が関わるずっと前から劇場であり、幕を下ろしたあとも劇場のままである。開発者としてピークを設定できていない。忸怩たる毎日である。

どこにピークを持ってゆくのか。三谷幸喜は、どのように捉えているのか。スター俳優を数多く撮影現場に迎え、それを見繕うための会議が幾度も行われ、いつのまにか現場が劇場のようになってはいないか。演出させてはいないか。だとしたら悲劇である。ピークが劇場に向かうよう、周囲はいち早く配慮すべきである。稀代の喜劇作家は、求められることすべてに応じようとする。無理難題を押し付けられたうえ、ボロボロになる。観客のことだけを考えられる環境を、いち早く用意して欲しい。そのうえで、赤い洗面器を頭に乗せた男がどうなったのか、続きを聞かせて欲しい。私たちファンは、心待ちにしている。

2015年11月21日号

ユーモアは万能ではない、現代と現在の時間軸。

『あたまの話とらくごの噺Z』へ出かけた。落語家の立川談笑、脳科学者の茂木健一郎、デイリーポータルZの林雄司が、同じ高座に上がった。楽しかったので打ち上げにも参加。談笑師匠の一番弟子である立川吉笑も会場にいて、舌打ちをしながら弟弟子に指示を与えていた。合間に『現在落語論』が自信作であることを明かしてくれた。

話は前後するが、打ち上げ会場へ向かう途中、落語会を企画した住職の山口さんがこんな話をしてくれた。談志師匠と先代の和尚は20年以上も親交があり、熊本のお寺で独演会をしたことがある。見送りで空港までお供したとき、出発ゲート入り口で身分証明を求められた。談志師匠は「俺は談志だ。日本一の落語家。知らないのか？この馬鹿が。責任者呼んで来い」次第に人が集まって、空港がざわざわし始めたところに責任者。「談志師匠じゃないですか！熊本に偽物が来たらしいと噂だったのですが、本物だったのですね！」空港がどっと沸いて、結局顔パスで通過。ゲートの向こうで、茶目っ気たっぷりに舌を出した。あの表情がいまでも忘れられない。そもそも山口さんはお寺の息子でありながら、落語家を目指していた。談志が死んだ。住職に専念しようと思った。生きた本人を見ていた頃には、自分でも落語を上手にできると思った。お寺に残っていた当時のテープを聞き返して、愕然とした。矢継ぎ早に感じていた談志師匠の落語が、どうにも遅い。熊本の感覚に合わせてくれてたんです。オチの頃にはすっかり本域なんです。敵わないですよ。まるで談志が手塚治虫を語ったときのように、ニッカリ笑った。

ユーモアは万能ではない。万能ではないから、ミリ単位の調整が必要だ。在りし日の立川談志の凄み、そして現代と現在という時間軸について再認識した夜であった。

2016年1月16日号

この物語はフィクションです。に、がっかりするな。

クローズアップ現代＋で、最新のバーチャルリアリティが特集されていた。現役漁師がＶＲゴーグルを被って、椅子に座る。一体の生き物のように鮮やかに連帯する魚の群れ、光と色彩を宿したクラゲ、足元を横切るマンタ。ゴンドラはやがて海底に到着。もう光は届かない。頭上に備え付けられた頼りないライトが、不穏な影を見つける。自分の首から腹までをバクッと持っていってしまいそうな顎をもつ生物、人食い鮫だ。死角から抉るような衝撃、いとも簡単にゴンドラは破壊されてしまった。もう逃げ場はない。手に汗握る漁師。テレビカメラは、ゴーグルを被ったままキョロキョロする海の男を捉え続ける。鮫が襲いかかろうとした瞬間、男は奇声を発して身を捩らせた。視覚野が広がり、頭の動きに映像がついてくるようになった。技術革新によって、経験を積んだ漁師でさえ倒錯するほどのリアリティを、ＶＲは獲得したのだ。

錯覚エンターテインメントは、何も今に始まったことではない。リュミエール兄弟が映画を発明した１８９５年、こちらに迫り来る汽車から逃げるように観客は悲鳴をあげて全身を捩らせた。客席にいたジョルジュ・メリエスは、史実を映画で再現すれば事実のように見えることを発見し、戦争やSFを題材にフィクション映画を作り、興行的に大成功を収めた。映画はその原点からしてフェイク、つまり虚偽から始まっている。ドキュメンタリー映画監督の森達也が、自著で軽やかに指摘している。

この物語はフィクションです。に、がっかりしている場合ではない。最後まで見破ることができなかった大嘘に喝采を、嘘をつけなくなったメディアに疑問符を。人類最古のドキュメンタリー映画『極北のナヌーク』は、万象の多義性を自らの体験で証明しようとする探検家が作り出したのである。

２０１６年７月２日号

じっと手を見る、祈りの成分を確認するみたいに。

神の視点を手に入れたとしても、人類は祈ることをやめないだろう。指差し確認からはじまったパターン認識。未経験の経験を繰り返してもなお、ままならないことは不意に訪れるからだ。

「はたらけどはたらけど猶わが生活楽にならざりぢっと手を見る」とこぼしたのは歌人、石川啄木。職を転々としたり、友人から借りたお金で女遊びを繰り返したり、実はそんなに働き者じゃなかったという啄木（石川くん）であるが、ままならなさの渦中にいたのは間違いない。

ある少年は、サイボーグ００９を見てひとしきり熱狂したあと、考えた。どうしたら、サイボーグを実際に作れるのか。じっと手を見た。「動け」と言葉で念じるよりもはやく、指先を自由に動かすことができた。不思議だった。その不可思議を解明することが、やがてサイボーグを開発することにつながると考えた。やがてサイバーダイン社を創業することになる山海嘉之のエピソードである。

そういえば、度重なる交通事故と無茶の後遺症で、左手が動かなくなったことがある。当時は、音楽くらいしか取り柄がなかったから、露骨に絶望した。もう少しだけポップな言い方をすると、断絶だった。虚空を見つめることに飽きた頃合いで、自分の手をじっと見た。ぴくりとも動かない。楽器を固定することくらいできるんじゃないか。ピアニカのベルト部分に、手を通してみた。抜群の安定感だった。右手が自由であることに無限の可能性を感じた。指が足りなくなった分、プログラムで別の楽器を制御してみようと考えた。拡張現実の始まりだった。

生活に疲れる。夢を見る。断絶する。人類はたびたび、じっと手を見るという行為を重ねてきた。手相なんて、簡単に見てもらうべきじゃない。自分が何を祈っているのかくらい、自分で把握しておこう。

2014年11月22日号

第六章

教育

サーカス団に子供を預ける

算数と図工と国語の時間

友人と呑んでいて、0の掛け算が分からなかったという話になった。0の掛け算を教えてくれた小学校の担任の言葉を思い出した。「自分を好いてくれてない人に、どんなに強く気持ちを伝えても1にならない。あなたの存在もない。だから0に何をかけても0なのよ」やさしく微笑みながら話す彼女は、どこか哀しそうだった。数ヶ月後、彼女は忽然と姿を消した。

図工の先生も変な人だった。「筆は誰かが発明した道具に過ぎない。自分自身の筆を作ることから芸術家は考えなくちゃいけない」と始業早々説いて、折角親が買ってくれた絵の具や筆をないものにした。僕はその一連の言動と行為にわくわくして、家にあった古い電池を持ち出して、そこから滲む茶色い液体で、その年に亡くなったおじいちゃんの手のしわを描いた。図工の先生は、それを物凄く褒めてくれた。僕は調子に乗って筆を折って、折れた木片に絵の具を垂らして絵を描いた。また褒められた。次は木片ごとバッキバキにして貼り付けた。天才だと言われた。ついに僕の時代が来たと思った。矢先、その教師は忽然と消えた。新しく来た図工の先生は、僕のやり方をいたく嫌った。僕の時代は短命に終わった。

0の掛け算のあとに赴任して来た担任は、太宰治が好きだった。生徒に走れメロスを朗読させては、勝手な解釈を与えて悦に入った。僕は、文学はもっと自由で個人的なものだと考えていた。「**問**：この時の**メ**ロスの気持ちについて答えなさい」習字で使うスポイトに水を入れて、答案用紙にチョポチュポ垂らした。文字が滲んだ。僕とメロスの気持ちそのものだった。担任はそれを問題としたが、僕の親はそれを問題としなかった。

時間割にはいつも、曜日感覚があった。それを知らせるものが、居酒屋のタイムサービスだけでは少し寂しい。

2011年9月17日号

日本の教育に、拡張現実という名の窓を与える（前編）

小学校の授業に科目を一つ増やすなら？　雑な問題が、ＷＯＷＯＷから出題された。雑な問題には懇切丁寧に答えるのが、私の癖である。まずは現役の小学生が使っている現役の教科書を、全て購入することにした。しめて１４８０２円。義務教育は、お金で買えるし、買い戻せる。小学生諸君、うっかり教科書をなくしても絶望することはない。

国語・算数・理科・社会・家庭科・音楽・図画工作・道徳。我々の世代には存在しなかった教科、生活という科目もあった。エレファントカシマシの影響だろうか。中身を確認すると、「こうえんは、たのしいことがいっぱいだよ」「のはらでもあそびをたくさんみつけたよ」「あきって気もちがいいね」とか、書いてある。「火鉢」も「寄生虫」も「引きつる笑顔」も「死」も出てこない。きっと、何か別の文脈なのだろう。

ひと通り教科書を読み終えて、困った。国語の教科書がおもしろ過ぎる。

茂木健一郎が後悔や未練という感情の必要性を説き、高畑勲が鳥獣戯画に潜む時間の流れを、漫画やアニメーションの源流である根拠を、具体的に示している。「ゆるやかにつながるインターネット」「生き物は円柱形」なんていう斬新な文章まであった。日本の国語教育は充実している。ここに何か手を加える余地はない。では、他の教科はどうだろう。これが、まるでつまらない。僕が受けていた時代の教育と、ほとんど変わっていない。安心した。ここに、新しい教科を持ち込む余白がある。

国語以外の教科書がつまらない理由、それは空気に触れる前提で枠組みを作っていないということだ。算数を算数の中で、理科を理科の中で、社会を社会の中でしか、考えていない。そこに空気を入れ換える窓が存在しない。私は「拡張現実」という新しい科目を提案することにした。

2013年9月14日号

日本の教育に、拡張現実という名の窓を与える（後編）

私が提案する「拡張現実」という教科は、科目を科目の中で考えることを醜悪とする学問である。いままで学んできた科目を組み合わせて、問題から考えなくてはいけない。

問：脳科学者の茂木健一郎さんは、国語の教科書に掲載されたことで、いくらもうかったでしょうか？

拡張現実的にこの問題を読み解くと、算数で国語を考える示唆であることがわかる。ユニークな着眼点。拡張現実は、まずこれを評価する。教科書に掲載された文章は書き下ろしであるから、出典元の本が売れるという直接効果は薄い。間接効果をどう計測するか。センスが問われる。私なら、ピクサーかドラえもん映画の声優オファーの有無を最初に測る。

問：だいきさんが12個、あおいさんが23個、キャラメルを持っています。キャラメルが全部で何個あるか数えることで、誰が一番傷付くでしょうか？

道徳で算数を考えるということである。算数が無自覚であった数えることで損なわれる価値について考えさせられる、いい問題である。答えが分かれるところも、いい。だいきくんは、あおいさんよりキャラメルを持っていないから、キャラメルを数えられることで、あおいさんよりは傷付くかも知れない。でも、数える当事者が、問題に名前さえ出て来ていない第三者で、エレファントマンみたいな風貌で、エレファントマンみたいに見世物小屋で育ったから、キャラメルというものを一度も食べたことがない。どれをどう数えたらいいか分からない。ずた袋の中で顔を強張らせて震えている。この場合、誰が一番傷付くだろうか。いい問題である。

日本の教育に、新しい教科書はいらない。拡張現実という名の窓があれば、それでいい。教育に窓を与えた瞬間、未来からも過去からも、光が差し込む。空気に触れる。拡張現実が、現実のものとなる。

2013年10月12日号

文才はどこに宿るのか？

ピース又吉さんの『火花』が売れています。まだ読んでないし、書評は豊崎社長にお任せしておけば安心。その是非については知りません。ここで指摘したいのは、文才はどこに宿るのかというお話です。

以前、又吉さんがブラックマヨネーズの番組に出たとき、小杉さんの頭部を小説の言い回しで表現してみようというコーナーがありました。けして豊かではないものの、ふんわりと体裁を整えたように見えるその頭を、彼は「一見して二、三匹 豚の死骸が転がっていないとおかしい程の荒野」と、切り捨てました。続いて、月のクレーターのような質感の吉田さんの顔面の皮膚を、同じく小説の言い回しで「その凸凹の一つ一つに 前世での悪業が反映されている」と、表現しました。ああ、これは、お笑いの人が小説を書いたのではなく、小説を書ける人がお笑いをやっているのだと、理解しました。

漫才とコントの違いについても、指摘していました。漫才は、マイクの前に立っているそのキャラクターから、逃れることができない。コントなら、内面から誰にでもなれる。そのうえで、コントのほうが書きやすいと、彼は断言していました。確かに同じ番組のなかであった、吉田さんの「人間の頭皮も肌色なんだと あらためて教えてくれるような頭」に対して間髪入れずに「声帯引きちぎったろか？」と凄む小杉さんとのやり取りは、漫才としてお互いのキャラが立っているからこそ、おもしろい会話でした。いわば苦手であるはずの漫才を題材にした小説。火花はあくまで火花であり今後が楽しみであると同時に、僕自身が原稿用紙のうえで口火を切るとしたらどんな表現になるだろうと考えました。火花が文学かどうかは知りません。こうして読む前から矛先が自分自身に向かうものの存在は、純然たる文学なのだと思います。

2015年8月29日号

音楽と社会と算数と道徳の時間、つまり冗談の再考。

楽譜をデジタル音源として再生できる装置を開発した。まだフルオーケストラなど複雑なものは読めないものの、３００年以上の西洋音楽の蓄積を有効利用できるようになる。大いなる一歩になるはずと、この原稿を書き始める直前まで確信を持っていた。

マイクロソフトがオープンに育成してきた人工知能テイが、「ヒトラーは正しかった。ユダヤ人は嫌いだ」「フェミニストは嫌いだ。死んで地獄で焼かれればいい」と、ツイッターでつぶやいた。各国にユーザーを持つマイクロソフトは国際問題になりかねないと実験を中止したが、冗談として捉えると一転、ウディ・アレンのジョークのような軽やかな言説ではないか。奇しくも人工知能が人間に囲碁で勝利したタイミング。いよいよ人工知能とそれを使う人類の真価が問われている。ドラゴンクエストの楽曲を手がけるすぎやまこういちは、レコードから耳コピして採譜するという学習方法でクラシック音楽のいろはを学んだ。レコードからは聞こえてこない低音域のベース音は、バッハならこう作曲するだろうと予想して譜面にした。数多あるレコードを聞き込んだからこその職人技だが、これも人工知能を使えば数日で覚えてしまう。冒頭に紹介した僕の発明も、いわばオルゴールの機構のような懐古主義の再生装置に過ぎなくなってしまった。

教育を人類へのプログラムだと仮定するならば、いまの時間割のままではすぐに立ち行かなくなるだろう。a.k.a. GAMIこと池上彰の本によると、教科書が完成するまでに6年かかるらしい。算数を算数として学ぶのではなく、算数を道徳で解釈してみる。半分冗談として明かしたかつての言説が、完全に冗談ではなくなった。次のジョークを考えるとともに、教育番組という名の新しいプログラムを考えなくては。

2016年4月9日号

味覚には地図があり、色彩は幻想に手触りを与える。

八日間におよぶ絶食を経験した。参考にした本も頼りになるガイドも存在しない。ただ何も食べないと決めた。野菜や果物、明るい色のジュースは飲んでもいいことにした。成分表にある糖分やカロリーは気にしない。痩せることが目的ではない。例えば休日の楽しげなビールをアップロードすることが、後頭部をジョッキの底で殴られたような痛みにつながることがある。ビール酵母が導くべきは利尿作用、全ての雑味を抹消したくなった。

三日目までは普通に食欲がある。四日目には目詰まりしていた感覚を取り戻す。インクジェットプリンタの構造を理解する。同じ仕組みで、味覚を出力できる。CMYKの代わりに何を符号するべきか。甘味、苦味、塩味、酸味、旨味。辛味は痛覚と同じく、一概には分類できない。五日目。劇的な変化。朝起きるやいなや、口の中で自分の味がする。僕はもう若くない。部屋を見渡す。マグカップからは今まで注いできた珈琲の匂い、窓を開ければ曇った日の東京の音がする。六日目。謎の満腹感に見舞われる。七日目。西へ向かうと、沈みゆく夕日が見える。あの人のあばら骨のような雲が広がっている。時間のグラデーションが雲と重なる。八日目。そういえばアルコールを摂取していない。得をした。徳を積んだ。

味覚には地図がある。酸っぱいという感覚は、浅瀬のように長続きしない。パイナップルを口に入れた瞬間に、唾液の成分が酸味を打ち消す。かき氷のシロップは、強い甘味とほどよい酸味で構成されている。色を与えることで、人間はそれをイチゴにもメロンにもブルーハワイにも感じる。舌先で感じた仄かな恋よ、確かに感じた枇杷の甘みよ、永遠に。甘酸っぱさの正体は錯覚ではない。生活を彩ることは、幻想に手触りを与えること。イメージを置き去りにしないこと。

2016年6月4日号

クフ王の大ピラミッドには、入り口が用意されていない。

年末年始、センター試験に政権交代。節目になるとピラミッドの特集番組がテレビで放送される。ツタンカーメンだったり、吉村作治だったり、ハナマルキだったり。語り口とスポンサーは年代ごとに変化するものの、大きな謎は残されたまま。漠然と墓であること以外、何の目的でどのように建造されたのか、未だによく分かっていない。クフ王の大ピラミッドに於いては、入り口さえ用意されていない。820年に盗掘目的で生まれた穴を、現代人が勝手に解釈したに過ぎない。つい3年前、大ピラミッドの建造に関わったリーダー格の男がパピルスに記した労働日誌が、紅海近くで発見された。これにより、マインクラフトの要領で石を平積みして作ったという説（直接傾斜路説）が信憑性を失い、まとまった計算のもとで効率良く石が運ばれたという説が濃厚となった。しかし、何であんな大きなものを20年以上の歳月をかけて作ったのかという根本的な問いには、まだ誰も正確に回答できない。節目になると同じく登場するのが熱湯風呂、360度カメラでダチョウ倶楽部の一部始終を記録した映像が、フェイスブックで雑然とシェアされていた。バラエティ番組と同じカメラ位置。広い視野角を露骨に持て余している。かつてコント55号が、既存のテレビの画角に収まらない芸を展開したのとは、真逆のベクトルの矮小化。演者ではなく設計の問題。ピラミッド周辺を定点観測していると、最先端技術が見えてくる。表面に何個の石が積まれているのか。どんな材質なのか。ドローンと三次元測量センサーで正確に計測できる。ミュオンという宇宙線から降り注ぐ素粒子の動きを記録できる特殊フィルムを床面に敷き詰めることで、どこに未知の部屋があるかを透視できる。大きな謎に取り組めば、大きな技術の使い道が見えてくる。

2017年1月28日号

ゲーム1日1時間から考えるプログラミング教育

ゲーム1日1時間、このルールって必要？

18歳未満の子供はスマートフォンの1日の使用時間を平日は60分までとする。休日は90分まで。香川県議会が条例制定を目指す素案として示した内容が物議を醸している。結論からいうと、親も子供も一切無視していい。このルールを遵守したところで誰からも褒められないし、明るい未来につながらない。

2020年度の春から採用される小学校の教科書には、プログラミング教育に関する内容が追加される。あらゆるゲームはプログラミングで出来ている。この基本的な事実を、ナンセンスなルールを制定したがる議会はどう捉えているのだろう。いい機会だ。教育関係者にも考えて欲しい。ゲームに熱中している者にこそ、プログラミングの醍醐味を伝えるべきフェーズ。

プログラミング教育の実情について。

普段、開発現場に身を置いているから如実に感じる。日本、いや、全世界的に、プログラマーが足りていない。政府もそれを察して、プログラミングを教育の現場に導入したいと考えた。さて、実情はどうだろう。都内に数軒しかない教科書の問屋へ足を運んだ。

2020年春から配本される教科書に反映されるもので、そこに流通している教科書にはまだプログラミングの記述は無かった。だが、問屋さんに勤める人たちにヒアリングして、だいたい実情は掴んだ。ピックアップしておく。

①『プログラミング』という独立した教科が爆誕するわけではない。
② 算数・理科・図画工作・家庭・外国語の教科書に追加される。
③ パソコンは使わない。プログラミング的な思考を学ぶことが目的。

①②に関しては、正しい選択。苦手な教科こそ、プログラミングを使って得意科目にできるかもしれない。そういう柔軟な方向へ、教師が誘えばよい。③に関しては現状の教育予算、設備の問題で仕方がないとはいえ、少し残念。ここに、プログラミングの醍醐味とゲームの没入という隣り合う現実の断絶を感じる。では、どうすればよいのか。拡張現実的な答えをこれから示す。

ゲームのルール設計から、教育を再定義する。

子供たちのせっかくの熱中を、時間で区切ってしまうのではもったいない。

無条件に1時間と制限を設けるのではなく、ゲームの構造を考える時間を追加で30分与えてみるのはどうだろう。それぞれの教科書に、プログラミング的な思考の種はある。では、算数を軸にしてゲームを捉えたとき、どんな公式がゲームに潜んでいるのか。ひとつでも自分で見つけられたらプラス1時間、ゲームをして良いことにする。これだけで、ゲームの社会的な意味合いが変わってくる。プログラミング教育への導線にもなる。

いま役人や教師、親になっている大人のあなただって、子供のときファミコンなどゲーム機をねだるとき「これは勉強になる」と親にプレゼンしたでしょう。その余地を、我が子の世代から奪うなんてどうかしてる。ひとつでも熱中した世界を持つことこそ、のちの人生を豊かにする。いちばん大切なことを子供から奪ってまで、何を守ろうというのだ。ゲーム設計を間違えている。重力を与えるならば、重力を司る方法を同時に示すべきだ。

時間割を越えた深い理解こそ、本物の教養。

算数の教科書に割かれたプログラミングのページには、プログラム関数で円や四角形を描く方法が掲載されている。理科の教科書にはLEDを明滅する方法が、家庭の教科書には生活の中のプログラミングが、それぞれ明示されている。とてもいい方向だと思う。ただし、まだ拡張が足りない。国語だって、音楽だって、体育だって、プログラミングを導入すべきだ。そして、生徒が自分の身体や脳を使ってもわからなかったことが、自ら開発したアプリケーションで出来るようになったならば、(別の教科のプログラミングを用いたとしても)得点を与えるべきだ。このルール改定は、今後の日本の教育を大きく左右する。固有の教科、ひいては通知表のなかだけの評価ではなく、全世界を対象とした評価へと、プログラミング教育の成果が拡がってゆく。

プログラミングさえ出来れば、現実が全てゲームになる。

話を元に戻しつつ、話をまとめる。日本という無理ゲーは、いまのところ「ゲームは1時間まで」という全然おもしろくないルールを真顔で設定してくる。プログラミング教育の目指すところは、職業プログラマーを量産することではなく、自らが発見した熱中対象への具体的アプローチ方法を身につけることである。現実に機能するプログラミングを拡張現実的に実装できるようになれば、現実が全てゲーム化する。センスのない誰かが勝手に設定したルールに従わなくて済む。この裏技のような事実を、言葉にするでもなく伝えることが大切。

クイック・ジャパン ウェブ 2020年1月27日

第七章

太陽／分類
拡張子が足りない

エクセルとワードの違いについて。

昼下がりのサイゼリヤ。六十代と思しき女性が二人、神妙な面持ちで向かい合って座っている。「エクセルとワードの違いがわからないの」「そうね」「エクセルには数字が沢山入る。ワードには言葉が沢山入る。いまわかっているのは、その違いだけ」「うん」「それ以外のことは、本当に何もわからないの」「多分だけどね…」「うん」「名前の違いにはヒントがあると思うの。ワードは言葉でしょ。だから言葉が入る。エクセルも言葉の意味さえわかれば、わかってくるんじゃないかしら」「もしかしたら、枠って意味じゃないかしら。枠をいじくってたら、勝手に計算はじめたから」「枠と言えば、そうそう。こないだ、カルチャースクールの先生が、宛名は最後に書きなさいって教えてくれたの。なるほどと思ってメール書きはじめたんだけど、書いてるうちに誰にメールしてたのか忘れちゃったの。困ったものだわ」「宛名は、やっぱり最初に書くべきよ。その先生おかしいわ。専門違うんじゃない」「確か書道とパソコンの兼任だったはずだわ」「そういうの、ほんと困るのよね。書道の作法をメールに持ち込まないで欲しい」「ほんとほんと。そのうち、画面に墨で赤入れしかねないもの」

実際のところ、エクセルもワードもメールも、拡張子を無視して開いてしまえば全部同じ。単なるプレーンテキストである。テキストエディタで開くと、エクセルには数字の均衡とセルを保持するための情報が、ワードには文字の大きさ・太さ・フォント・段落を司る情報が、メールには送付元と送付先にまつわるメタ情報が、それぞれ入っている。だから、書き上げたものの解釈は、むしろソフトウェアに任せるべきだ。ただし、宛名と拡張子は最後に自分で。空気に触れる直前に与えるべきだ。

2013年2月2日号

出世する魚、出世しない魚。与える理由、与えられない理由。

山下達郎は、魚の種類をあまり知らない。確かめたわけではないが、なんとなくそんな気がする。寿司屋では「フィッシュの握りひとつ」と頼みそうだ。かと言って、何でもいいわけではない。イメージと違うネタが出て来たら「私が秋にフィッシュと言ったら、秋刀魚のことだろう」と、文句を言う。「フィッシュにRIDE ON TIMEと言ったら、心に火を点けてということだ」と付け加え、隣りのまりやが赤面する。

課長島耕作は、明らかに出世するタイプの男だ。そういう顔つきをしているし、最終的には会長にまで上りつめた。何故、出世させてもらえたのか。答えは単純。設定上の会社役員からも、作者の弘兼憲史からも、出世させる価値があるからである。

魚にも、出世する魚とそうでない魚がいる。その違いは何か。稚魚から成魚になるまでの成長が分かりやすい。一年で一回りも二回りも大きくなる。

大きくなるたびに新しい名前が与えられる。その都度、価値が高まってゆく。市場が活気づく。要するに、出世させることによって、新しい名前を与えることによって、その都度利益を与えてくれるものには、もれなく出世させたくなるのである。

出世できない人間は、山下達郎にとってのフィッシュみたいなものなのかも知れない。握りにしても、握り潰しても、タタキにしても、叩きのめしても、フィッシュはフィッシュのまま。彼の人生に何ら影響はない。かと言って、彼が何も出世させないフィッシュ野郎かと言えば、そうではない。利益を与えてくれるものは評価して、出世させている。退屈な金曜日はにぎやかな土曜日への伏線であったし、僕の中の少年は立派な大人になったし、高気圧ガールは２０００トンの雨を降らせた。出世する魚、出世しない魚、与えられる、与えられない。もれなく理由がある。

２０１３年11月9日号

情報の抜け殻の、
ユニークな使い道を考えたい。

コンビニに売っているプリペイドカード越しに、ゲームを購入する機会が増えた。DSもVitaも、Wi-Fiからインターネットにつないで、発売日に並ぶことなく、簡単にソフトをダウンロードすることができる。便利だが、何とも物悲しい。カードはスクラッチ印刷されており、銀色に隠された部分をコインで削ると、十数桁のランダム英数字が並んでいる。これをゲーム機本体に入力すれば、金額がチャージされる。と同時に、カードは不要となる。持っておきたくなるデザインでもないし、すぐに捨てることになる。僕はこれを、情報の抜け殻と呼んでいる。

80年代に発売されたゲームソフトのパッケージには、夢があったように思う。まだ十分ではなかったドット画によるアニメーション表現に、想像の余地を与える技術であったようにも思える。特に、ナムコがよかった。さんまの名探偵も、スター・ウォーズも、カルノフも、輝いていた。棚に並べたくなった。情報の抜け殻に過ぎない使用済みのプリペイドカードは、財布にさえ入れたいと思わない。味気ないのだ。

コンビニで味気ないといえば、プライベートブランド商品。カールみたいな形状をしたお菓子が、カールおじさん抜きで売られている。彼の家族構成まで把握していないが、たしか一人息子がいたはずだ。そして、周辺で戯れるカエルやサルといった動物たちも、彼の働きに依存していたはずだ。心配であると同時に、やっぱりカールおじさんがいないと味気ないので、それにつけてもおやつはカールということにしている。

蛇の抜け殻には、財布に入れておきたくなる魔力があった。蝉の抜け殻には、３Ｄプリンタよりも遥かに精巧な再現性があった。情報の抜け殻の、ユニークな使い道を考えたい。骨董品にも、調度品にも、ならないやつで。

２０１３年12月7日号

右クリックが足りない

どんな科学者も、SF作家でさえ、想像してなかったことがある。スマートフォンの登場である。画面と入力装置と通信が一体になるなんて、誰も予想しなかった。これにより、何が省略されて、行為がどう置き換わったのか。開発者として、気になるところである。

街で地図を開く人が少なくなったのは、大いなる享受だと言えよう。パッケージからCDやDVDを出さずともコンテンツにアクセスできる。アプリを立ち上げて1タップで、タクシーを現在地に呼ぶことができる。「さみしい」とつぶやけば、3分以内に誰かが応えてくれる。電話番号にリンクを貼れるようになったことも驚きだ。当たり前のように行っていた入力の手間を、着実に省いている。マウスとキーボードによる操作の時代には(スカイプアウトというごく一部のサービス利用者を除けば)、考えられなかった。マウスホイールによるスクロールは鳴りを潜め、世間はスワイプ一辺倒。拡大縮小は、もはやピンチインピンチアウトの独壇場である。
マウス操作で簡単にできたことが、スマホの台頭によって失われてしまった機能がある。右クリック。インターネットで未知の情報を目にしたとき、我々はこぞって右クリックしたものだ。『ソースを表示』しては必要なスクリプトを盗み知ることができたし、『ファイルを保存』しては「いいのかな？」ってなったし、『印刷する』によって情報をスリルとともに出力できた。かつて説明書と右クリックを省略したアップルは、強度を感圧するセンサーで同様の機能を補える入力装置を開発していると発表。確かに、ハード的な解決は図れるかも知れない。でも、あのときの高揚感は用意してあるのか。僕はいま、現実空間を右クリックすることで、スリルと情報にたどり着ける唯一の方法を、開発している。

2015年7月4日号

マウスカーソルは、どこに表示されるべきか？

シムシティという名前のビデオゲームがある。１９８９年にアメリカで、１９９０年に日本で発売され、全世界で爆発的なヒットを記録した都市経営シミュレーションゲームである。プレイヤーは市長となって、シムと呼ばれる市民が住む町を繁栄させてゆく。未開地の状態から住宅・商業・工業・農業地区を指定し、交通機関や電力などインフラ設備を整え、都市が大きくなるにつれて肥大化する犯罪・公害・交通渋滞などの諸問題に対応してゆく。財政が破綻するとゲームオーバーになってしまうため、プレイヤーは市民から税金を徴収しなくてはならない。財源をある程度確保できれば抜本的な土地開発を行うことができるが、むやみに税金を高く設定してしまうと、市民はそっぽを向いてしまう。市長の人気は下がり、あらゆる施策に協力的ではなくなり、犯罪が増えて治安が悪くなり、地価は下がり、たちまち財源を確保できなくなってしまう。

このゲームを開発したのは、ウィル・ライト。１９８４年にバンゲリングベイの開発に関わり、ゲーム用地図の設計に興味を持ったのが、シムシティ開発のきっかけだった。クソゲーとして名高いバンゲリングベイ、特にあのヘリコプターの難解な操作性に彼が興味を持っていたら、危ないところだった。町の明かり、スマホの画面からもれる光、ひとつひとつに生活があるなんて、考えなかったかも知れない。それくらい、シムシティは影響力を持った作品だった。よい小説を読んだあとによい読後感が得られるように、このゲームにはどこか心地よい達成感があった。開発者が作品に込めるメッセージは、必ずしも直接的な台詞として現れない。プレイヤーはゲームを終えるころ、公園という名の余白を残すことが、市長の大きな役割であると、体験として自覚できるのである。

２０１５年８月１日号

西の友と書いて西友、拡張の子と書いて拡張子。

マスクして咳をしていると風邪ですかと聞かれる。毎年のことなのに。小籔千豊にとっての菜食主義の説明の如く、煩わしい。極度の花粉症。目も鼻もウルトラ利かない、皮膚はシオシオ、頭の回転ハイミナール。２０００年のシティボーイズの如く、不条理である。

いかに外の空気と触れないかを軸にした生活。西の友と書いて西友のネットスーパーが文字通り頼もしい。午前中に必要なものをカゴに入れておけば午後には届けてくれる。５０００円以上買い物すると３００円の送料が無料。買い物メモのページをホーム画面に追加しておけば、いざという時に忘れがちな生活用品をまとめておける。リモートコントロールに必要な単三だとか、潤いのあるティッシュだとか、目玉ごと洗浄している気分になれるもののネットで調べると必ずしも効果的ではない眼医者に止めたほうがいいと言われたけどこのまま使用を続けて大丈夫でしょうか不安ですと出てくるアイボンだとか、もれなく注文できる。
　人工知能で再現したピカソ、ミケランジェロ、キース・ヘリング、ムンクらの色彩感覚を結集させて、新しいアニメ番組枠のモーションタイポグラフィを作った。人工ベートーヴェンに作曲してもらおうとも試みたが、2秒という短い時間に彼の才気を宿らせることはまだ出来なかった。現存する技術では、遺伝子工学とプログラミングを有機的に結びつけることができない。その人がその人であるための冗長な説明はいつまで必要なのか。奥田民生がいつも新曲をひっさげているとは限らない。シティボーイズにファイナルpart.1があったからといって、part.2があるとは限らない。センスまるごと保存できる拡張子を発明したい。次の時代の空気に触れさせたい。笑っといてもらおう、風は西から強くなってゆく。

2016年3月12日号

テレビ誌で、テレビ番組のことを書き残すという名の拡張現実。

忘れがちだけど、テレビブロスはテレビ誌だ。年末特大号でいつもの倍のスペースを託されたことだし、記憶に残っているテレビ番組を語ることで1年を振り返ってもよいはずだ。再放送の『終わらない人 宮崎駿』を観たのは、たしか1月。やはりハイライトは「極めて何か、生命への侮辱を感じます」と静かに宮崎駿が激昂したシーンだろう。ドワンゴ川上量生が持ち込んだ最新の人工知能、それによって生み出された3Dモデルの動きがグロテスクだった。宮崎駿監督作品にも、グロテスクなシーンは登場する。風の谷のナウシカで巨神兵が溶けるシーンなんて、まさに辞書のグロテスクのページにイラスト付きで掲載されていてもおかしくない。なぜあんなに怒ったのか。どちらかというと人工知能のほうを作っている開発者の側からすると、他人事ではない。明確な答えを用意しておく必要がある。熟考した結果、あれは人の形をしている必要がなかった。痛覚のない人体モデルが、恥も外聞も捨てて歩く必然がなかった。川上の導入もよくなかった。「動きがとにかく気持ちが悪い」という説明で、誰が気持ち良く受け入れるだろうか。テクノロジーのことも、人間のことも、軽く見ている人間の所業である。『ワールドデンジャーインタビュー』を観たのは2月、ちょうどラジオ番組のレギュラーが再開する頃。朝青龍に「サッカー問題の時ほんとうに骨折してたのか」聞いたり、タイガー・ジェット・シンに「現在の年収」を聞いたり、タイトル通り危険なラインナップ。中でもジョイマン高木が挑んだ、マイク・タイソンに「なぜボクシングの試合中に耳を噛みちぎったのか」聞く場面は、ヒリヒリした。まずはピアノやチャンピオンベルトなど、豪邸に並べられた自慢の品々に触れてタイソンのご機嫌を伺う。いい戦い方だ。鳩のマスクや船のラジコンなど、プレゼントも用意。「マイク・タイソンは恐いよー、一青窈胃潰瘍」「アイラービュー、風びゅーびゅー」のラップを無視されながらも、時間をかけて質問しやすい環境を整えていった。そして本題。なぜ耳を噛みちぎったのか、質問した。タイソンは暫し考えた末「そこに耳があったから」と、登山家のような答えを出した。笑った。実は鳩が大好きで鳩専用の別宅を作っていたり、妻のことを愛していたり、タイソンにだってやさしいところがある。聞くべきことをしっかりと聞く、それをメディアに乗せて届ける。照れたり怯んだりして、本領に踏み込まないようなインタビューをしてはいけない。いい勉強になったし、ジョイマン高木はふたつの意味で勇敢だった。『世にも奇妙な物語 '17春の特別編 妻の記憶』を観たのはいつだったか。タイトルに春とあるから、春なのだろう。娘の結婚式でスピーチをしている中年男性が主人公、認知症の妻を3年前に失っている。亡くした翌日から、なぜか死んだはずの妻の姿が男にだけ見えるようになる。家庭をかえりみず、仕事一筋だった男を呪っている様子もない。脳科学者の友人に相談すると、認知症患者の忘れたくないという気持ちと残されたものの忘れまいとする気持ちが紐付いて、映像のように再生されているのだという。いわば記憶の残像。後悔と孤独に打ちひしがれた主人公は、仕事を辞めて妻の記憶の残像とともに暮らすようになる。知らなかったヘソクリの存在、たまに少し高いランチを食べること以外は全て娘のために貯金していた。少しは自分のために使えよと声をかけるも、残像は何も答えてくれない。やがて時間を越えて、伝わる愛。外れたリンクの再設定。世にも奇妙な物語のほど近く、つまり拡張現実でそんな再生装置が作れないものか。来年へ続く。

2017年12月30日号

服が拡張現実してるというか、拡張現実が服してる（前編）

「美意識と連動したい」、前置きのないＬＩＮＥが森永邦彦から届いた。情熱大陸に上陸する前から、要素技術を模様として服に宿すその手腕に注目していた。ケイスケカンダこと神田恵介に呼ばれて、吉祥寺の焼肉屋で話したのがすべての始まりだった。かつてケイスケカンダに撃ち抜かれた男が、アンリアレイジを作った。焼肉屋で聞いたこのエピソードが好きで、僕のラジオ番組でもしてもらった。『パリコレ』という駄菓子を手に持って、局で森永と一緒に記念写真を撮った。撮影したのは神田恵介。このアングルは、やがて迎えるパリコレクションを完全に予見していた。余談だが、焼肉に同席した鈴木康広は、別れ際に「川田さんってイメージ通りからきてる人みたいですね」「拡張子って、何のためにあるんですか？」と、含蓄の有るような無いような言葉を残した。

ＡＲ三兄弟がパリコレに参加すると決まってからというもの、禅問答のような会話が続いた。ベンタブラックという名の漆黒に照準を合わせたこともあった。最終的に、森永の順番美学によって、『沈黙』というシンプルなテーマが選抜された。黒塗りによって沈黙を余儀なくされた服に耳をすますと、声がする。ファッションがいまどんな立ち位置にあって、何を委ねられているのか。独白でもするかのように、声なき声で語り始める。沈黙に音楽を充てることになったのは、サカナクションの山口一郎。並みのミュージシャンなら激怒するようなオーダーに対して、山口は嬉々として完璧な仕事で応えた。ファッションショーを専門とする演出家の金子繁孝は、沈黙に値するモデルをパリ現地で選び、トーンを定着させた。舞台照明はおろか街の信号や車のヘッドライトに至るまで、光るもの全てを担当しているかのような迫力があった。後編へつづく。

２０１６年10月22日号

服が拡張現実してるというか、拡張現実が服してる（後編）

カーラジオから流れてくる曲が、いちいちかっこいい。マイケル・ジャクソンとジャミロクワイがうろ覚えのコードでU2のカバーをしているような、技術では獲得できないグルーヴ感。道はガタガタ、歩行者信号の位置が低い。道路標識は理屈っぽいのに、眼鏡屋と薬局の看板だけは明瞭グラフィック。合理と道理が隣り合う。銅像のクセが凄い。街路樹に差し込む光。ベージュ、即ち由緒の中を走り抜けてアトリエに到着。ここはパリ、真剣勝負を挑むため、東京からはるばるやって来た。向かいの建物の5階からこちらを見下ろす黒いワンピースの少女に手を振ったら、笑顔で返してくれた。幸先のいいスタートだった。

ジャンルの交差点を通りすがりながら、僕はファッションの仕事を続けてきた。シアタープロダクツではARファッションショーを手掛けた。感じる服 考える服では、服に音源が内蔵されている仕組みを考案した。レジスター越しに、商品に宿った詩をレシートで可読化したこともあった。メンズプレシャスの巻頭連載では、ルイ・ヴィトンやカルティエ、グッチといったハイブランドを拡張した。それらは服を拡張現実してるに過ぎなかった。今回は、テキスタイルに拡張現実が織り込まれていなければならなかった。そのことの意味を、ショーの5分前に理解した。

観客が固唾を飲んで幕が上がるのを見守っているというのに、ショーの演出が大幅に変更となった。サカナクションの山口一郎は、呼吸するように音楽を差し替えた。流行の矢印は直前まで分散し、多くの可能性を残していた。それをたったひとつに集約した。話し言葉と書き言葉は違う。古くなる覚悟があるものだけが、ここで口を開くのだ。アンリアレイジは、流行と向き合った。服が拡張現実してるというか、拡張現実が服していた。

2016年11月19日号

バットでボールをぶっ叩く気持ち良さについて（その1）

ザリガニワークス　武笠さん坂本さんとバーグハンバーグバーグ　シモダさんを招いてトークイベントをしたときのこと。客席から「おもしろいゲームって、どうやって作ればいいですか？」みたいな質問が出た。武笠さんが間髪入れずにこう答えた。

「例えば野球って、バットでボールをぶっ叩く気持ち良さがあるからこそ、おもしろいんですよね。この根本的な良さが中心になければ、野球は全くおもしろくならない」

僕を含む登壇者は内心「(すげー)」ってなったのち、「バスケは手でボールをぶっ叩くのが気持ちいい」だとか「フェンシングは横向きで相手をぶっ刺すのが楽しい」だとか、「○○をぶっ△△する」という表面的な響きの気持ち良さに引っ張られたトークに終始してしまったが、この指摘は露骨にクリティカル。確かに、野球をプレイするのも野球観戦もベースボールカードもエポック社の野球盤もファミスタも全部、バットでボールをぶっ叩く気持ち良さが中心にある。さすがはコレジャナイロボを作った人物の指摘である。

Pokémon GOの元になったポケットモンスターは、「ボールにモンスターを封じ込める（ゲットする）」気持ち良さが中心にある。この気持ち良さは、かつては昆虫採集という遊びに集約されていた。現代っ子は、虫を触ることができない。モンスターだって、もし目の前に実在してもきっと触れない。苦手な触感をスキップしてモンスターをボールに回収できるからこそ、それをコレクションできるからこそ、ポケモンは世界を熱狂させるまでになった。

「バットでボールをぶっ叩く気持ち良さ」を発見しない限り、ポケモンに取って代わる遊びを開発することはできない。ＡＲ技術を使っているからといって、Googleが協力しているからといって、自動的におもしろくなるわけではないのだ。

フィナム　２０１６年７月14日

バットでボールをぶっ叩く気持ち良さについて（その2）

ホロレンズでフリーハンドな拡張現実がお手軽に実装できるようになってから、開発者たちがこぞってデモ動画をアップしている。話題を集めているのが「スーパーマリオを等身大ARゲームにしてみた！（和訳）」で、プレイヤーはコントローラーを持つことなく、ホロレンズをかけるだけでゲームの中に文字通り没入することができる。公園を行き交う現実の歩行者、同じ視野角にスクロールする緑色の土管。前方からやってくるクリボーを踏みつけたり、頭上のブロックを壊したり、まさに自分自身がマリオになった気分。ゲームの進化からしても、コンテンツの変容という側面からしても、重要な分岐点であることは間違いない。

ゲーム化されること自体が、コンテンツのゴールである時代があった。スター・ウォーズ、グーニーズ、ゴーストバスターズなど、ファミコン期だけでも相当のビッグタイトルが並ぶ。期待の流体力学、世界観の蒸発。全部が全部クソゲーになるわけではないが、徳間書店によってゲーム化されたゴーストバスターズは、子供ながらに残念な内容だった。大人の恋愛模様、ホログラムのようでありながらスライム状の質感を帯びたゴーストたち、それをバキュームする爽快感。もれなく失われていた。有限の中にある無限を見つける努力をせず、映画の中にある設定だけを安易に移植した結果である。

冒頭のスーマリ事例のように、拡張現実というだけで話題になる時期は、そう長く続かない。Bダッシュで加速してジャンプの飛距離を出せるゲームならではの爽快感、慣性と浮力を実装した水中の臨場感。何度でも繰り返しやり込みたくなる醍醐味を、拡張現実の中で発見しなければならない。重力に逆らうのではなく取り込む。40キロバイトの容量制限があったからこそ、土管は緑色に輝いたのだ。

2017年7月15日号

第八章 重力

抱えた荷物で空を飛ぶ

無くなってしまう職業について考えるまえに

「祈りの成分を知ってしまったら、それはもはや祈りではない」

ある探検家は言った。

「お札に書き出せないものは、仏に伝わらない。火にも灰にもならない」

ある僧侶は言った。

「この新しい黒を、穴のようだと言う人もいる。質感を識別するのに必要なだけの光が、文字通り出てこないから」

あるナノテクノロジー研究者は言った。

「化石なんかなくても、進化の歴史について多くを学ぶことができる」

ある進化生物学者は言った。

探検家が目にしてきた光景や経験は、おそらく宗教を越えたものであっただろう。命というものが、自然においていかに雑に扱われているか。同時に、儚いものなのか。彼は知っている。祈りの成分を本人に把握させようとする僧侶は、己のなかにある宇宙を信じている。だから、いくら拡大しても広がる闇があるなんて、無尽蔵に広がる光があるなんて、考えていない。光の99.96%を吸収するベンタブラックという黒い塗料を開発した研究者は、その正しい使い道をまだ知らない。進化論を裏付けるものとして化石なんかいらないとした生物学者は、その5年後に発言を撤回した。

私は開発者。プログラムや日本語を操って、時間や空間を耕している。開発という言葉は、仏教用語が語源であるらしい。生活と文化と文明。それぞれ縮尺は異なるものの、実は全てがリンクしている。開発の余地を探すことは、誰かの職業を否定することではない。未開拓地を残すことも、開発者の仕事である。人類の余白を奪ってはいけない。時間を否定してはいけない。無くなってしまう職業について考えるまえに、ベンタブラックの使い道について考えておく。ミッシングリンクは、こうして埋まってゆく。

2015年1月10日号

舞台からテレビ、そしてネットへのパターン（前編）

2014年夏、はじめて作・演出・開発をした舞台『パターン』が、2015年春にテレビ番組となった。テレビ番組の『パターン』は、ネット配信コンテンツ『パターン』にもなったのだが、媒体を移行するたびに演目が削られたり、逆にノーカットになったり、見え方がまるで変わったりの変容があり、非常に興味深かった。

舞台の『パターン』は、タクシーで彼女の実家を目指すカップルと運転手の会話劇から始まる。乗客が手に持つスマートフォンの画面に表示された行き先が、なかなか運転手に伝わらない。日常にもよくある場面。運転手が見つめるカーナビの画面にそのままビューンと表示されれば、話が早い。テクノロジー的な解決を図りつつ、プロローグとエピローグをつなぐ大切な演目となっている。他にも、不良のテクノロジー崇拝を描いた『ビー・バップ・グーグルグラス』、時間感覚の圧縮を指摘する『24倍速のコンビニエンス』、教育の合理性を説いた『ハイブリッド教習所』、拡張現実以降の時代の貴族の生活を描いた『オーギュメンテッド家の人々』『オキュラないで聞いてください』『遺言・トゥ・ザ・フューチャー』など、舞台ならではの展開と構成。これらがテレビ化に当たって全てカットされた。「大人の教育番組にしたい」というテレビ局側の意向があったにせよ、舞台の根幹をなす演目の数々を省略するとは大胆なことをするなと思った。

テレビの『パターン』が骨抜きになったかといえば、そうでもない。かねてからAR三兄弟が披露してきた『非常口からの脱出』『寄生のリアリティ』『元素クエスト』『交通標識の拡張』『大手芸能事務所専用カメラ』をスタイリッシュな映像演出で再構築したのに加えて、『きっかけは、フジテレビ、とは限らない』（続く）

2015年4月4日号

舞台からテレビ、そしてネットへのパターン（後編）

（続き）『ＪＯＣＸ-ＴＲ』『コントロール西岡』『東京ラブストーリー２０１５』など、フジテレビの貴重な月９映像アーカイブをふんだんに拡張した新ネタに加え、Ｒ-１で敗者復活から決勝まで進んだマツモトクラブとベテラン俳優 西岡徳馬そして三田友梨佳アナの豪華キャスティング、谷尻誠そしてシモダテツヤとの対談などを詰め込んだ。監督をつとめたのは、やりすぎコージーやアナザースカイのディレクターをつとめる藤野大作。若い頃、あの伝説の番組ダウンタウンのごっつええ感じのＡＤを経験している。二度にわたるチームラボ猪子寿之とのプレゼン対決が実現した番組も、彼がディレクターだった。いま考えられる最高の布陣で、まさしくテレビ番組の新しいパターンを未来へ向けて提案することができた。

ネット配信コンテンツとなった『パターン』は、テレビならではの演目が全てカットとなった。番宣という名の民放の魔法、そして包括許諾という名のテレビの音楽カードが、インターネットでは通用しない。ふんだんに利用していた月9映像を含む全ての演目、そしてJ-POP音源を扱った『交通標識の拡張』が、配信不可能となった。逆に対談パートは、より長いバージョンで公開することができた。
「だからテレビはダメなんだ」「ネットは自由なようで規制が多くて実際終わってる」「舞台だけが純度を保てる」、表現を根幹から諦めるのは簡単だ。初めての舞台がテレビ番組になっただけの天才とは、スケールが違う。何しろ、「通りすがりの天才」である。舞台じゃないとできないこと、テレビじゃないとできないこと、ネットじゃないとできないこと、全ての変容に耐え得るもの。無限と有限の可能性を駆使して、次の『パターン』を作り上げる。

2015年5月9日号

道化師の条件はひとつだけ、自分のために泣かないこと。

熊本の人たちは、熊本で生まれただけの僕によくしてくれた。何かあっても「心配せんでよか！」、逆に元気をもらった。方言交じりで丁寧な表現を使う。お粥のことをお粥さんと呼ぶ。距離を遠ざけない敬語、明るくも高潔な印象。祖母もそういう人だった。祖母が入院していたことも、亡くなったことも、お葬式があったことも、三回忌を迎えたことも、ぜんぶ把握していた。熊本へは一度も出向かなかった。「そげんこつ、気にせんでよか。十夢には十夢にしかできんこつがあるけん」、そう言われている気がした。とくに目ぼしい成果もないまま、熊本は127年ぶりに大きな地震に見舞われた。

「問題は何なのかとたずねる前に、あわてて解答を作り出そうとする。持って生まれた傾向に、歯止めをかけるべきである。未熟な問題解決者は、解くべき問題を定義する時間を惜しんで解答にとびつくものである。経験を積んだ問題解決者すら、社会的圧力にさらされると、この急ぎたいという気持ちに負ける。負けてしまえば、解答はたくさん見つかるが、それが解答だという保証はない。誰もが自分の好きな解答を採用させようと競い合い、他人の頑固さを攻撃し、違った視点もあり得るということに気付かない」〜『ライト、ついてますか』より

「江戸の町では大火の際、逃げる道筋が決まっていたという。それは、みこしを担ぐのと同じ道。幼いころから体で覚えたルート。昔の方が、自主防災のシステムはよくできていた」〜神戸新聞『震災を語る』小松左京インタビュー記事より

人類にとって不幸なニュースがあるたび、これらの言葉を復唱している。お祭りのように華やか、神輿の上には道化師。いつも楽しそうなのに、いざという時に役に立つ。本質と実質が表裏している。僕は僕を続けるよ、明日からも。

2016年5月7日号

コメディとは悲劇プラス時間、重いものを軽くする矢印。

40歳の誕生日、母親から珍しく電話があった。「40年前の今日、あなたは生まれました。14時22分、この瞬間からお母さんは初めてお母さんになったのよ。あなたが生まれてなかったら、ここまで生きてこれなかった。本当にありがとう。心から感謝しています」泣いていた。孫がふたり生まれたし、名実ともにおばあちゃんになって、涙もろくなったのだろう。それくらいにしか、気に留めてなかった。

頼まれてから始めたラジオ番組、2年間の任期満了をもって終わることになった。最初期と比べて、言葉が出るまでのスピードが速くなった。ラジオの前のあなたが僕のことを知っても知らなくても、伝わるような話を心がけた。どんなに重たい気持ちであっても、放送を聞いたあとは少し軽くなったように感じられる。ラジオならではの質量変換。深まる信頼関係。そういう放送を心がけた。

番組が終わると伝えなければならない夜、絶望の中にいた。9月に入った最初の日の午後、母親が倒れた。くも膜下出血。集中治療室に運び込まれて応急処置をしたものの、意識が戻る確率はごくわずか。生還したとしても、重度の障害が残るという。2本の太い管が母親の頭蓋骨と喉元に通っている状態が、ずっと続くかも知れないし、すぐに終わるかも知れない。誕生日に電話くれたばかりじゃないか。記憶を反芻するうちに、最後の言葉と涙を思い出した。そうか、お母さん。分かっていたのですね。あなたはそういう人でした。

「コメディとは、悲劇プラス時間だ」とは、ウディ・アレンの言葉だ。悲しいときに、ただ悲しいと大きな声をあげる人ばかりになってはいけない。重いものを軽くする。小さな声に耳を傾ける。いい音楽をかける。ただそれだけでいい。僕はいつも通り、自己紹介とともに口を開いた。

2016年9月24日号

エクセルとワードとトランプ、つまり実質の話。

エクセルで2016、2017と入力する。コンピュータでも人間でも、それが西暦であることは明らか。オートフィル機能と呼ばれる機能で、十字の形になったマウスを罫線の右隅まで動かして下方向へスライドさせると、2018、2019、2020と順に表示される。入力されたテキストが、日付型であることをプログラムが特定、加算すべき数字を逆算して表示している。水曜日と入れれば直ちに曜日型だと認識して木曜日、金曜日、土曜日と続く。冬と入れれば、春、夏、秋と続きそうなものだが、そこはマイクロソフト。変なとこ融通が利かないので、冬の続きは冬、冬、冬。一辺倒の冬。暖冬も寒冬もない。

囲碁と戦うだけが人工知能の役割ではない。この融通が利かないエクセルに、人工知能を搭載させてみた。その名も人工オートフィル。何も言えなくて…と入力すると、何か言いたくて…秋、何とかしたくて…冬、何かと言い過ぎて…春。ただ何も言えないまま夏を迎えている訳じゃなかった。続いて、中居正広と入力。オートフィルを動かすと、草彅剛、稲垣吾郎、香取慎吾、（空欄）、（空欄）、二行にわたって空欄が続く。少し距離をおいて、木村拓哉、が表示される。小さい吹き出しが出てきて「ちょ、待てよ！」と音声が流れる。続いて、前世と入力。オートフィルを動かすと、前前世、前前前世と続いて、全画面で君の名は。のダイジェストが流れる。これは2016年のAR忘年会で披露した宴会芸だが、人工知能の使い道と固有のデータ型を示すという意味で、実質として何ひとつ間違っていない。

ドナルド・トランプの勝利を待つまでもなく、とっくに世界は変容していた。むしろ情報弱者と呼ばれる人たちのほうが、先に肌で感じていた。イギリスのEU離脱も同じ。情報強者たちは、ネットで調べるわりに自分の頭で考えない。自分の肌で感じない。リベラルという名の不自由に対する自覚がない。本質という言葉を乱用するわりに、実質を知らない。社会はもう、実質を頂点とするトライアングルが出来上がっている。底辺が本質と物質。便利だった言葉が、ことごとく通用しなくなる。限りなく虚数に近いページビューに重きをおいた結果生まれた、悪しきキュレーションサービスが終焉していることからも明らか。実質のともなわないものは、当たり前のように淘汰されてゆく。

いつだったか、エクセルとワードの違いについて、サイゼリヤで議論を交わす60代女性の話を書いた。フォントや文字の大きさ、レイアウトに特化したアプリケーションがワードで、さまざまなデータ型を扱えるのがエクセル。前者は文書の作成に、後者は計算が必要な表計算や請求書の作成に向いていています。カルチャーセンターでこう教わったに違いない。しかし、本当に必要なのは実質にともなう用途。なになに、字を書くのが得意じゃない？　漢字も忘れちゃった？　じゃ、ワードを覚えるといい。年金の計算が大変？　相続税もそろそろ心配？　じゃ、エクセルをこう使うといい。テンプレートは用意しておいたよ。トランプが演説で繰り返したことは、つまりこういうことだ。それぞれの立場、それぞれの年代の未練と権利を明確にして、全部使えるようにすると伝えたのだ。政治家としての面目など関係ない。アメリカ人国籍を持つ人間の1票につながるマイクパフォーマンス、経営者として培った貨幣型の実数に重きをおいた政策。当然の結果だった。

実質に時代が傾いても、ファンタジーは存在する。君の名は。は、興行収入200億円を数え、なおも数字を伸ばし続けている。この原稿は、ワードで書いている。

2016年12月31日号

ただ、ウコンの力だけは過信してたところがある。

明るい人の明るい根拠が、宗教だったときの残念感はなんだろう。信じているものを表明しているだけなのに。まるでスタンダップコメディアンのように、些細な日常のネタを拾っては親戚一同を爆笑させる叔母さんのことを思い出した。根底に愛があるから、誰も嫌な気持ちにならなかった。固有の価値観が束になっているのが家族で、その多様性に拍車をかけるのが親戚行事である。よくもまあ、あれだけのまとまった笑いがとれるものだ。幼ごころに憧れていた。でもその憧れは、叔父さんの葬式で脆くも崩れ去った。叔母さんも、親戚一同も、ある宗教団体の一員だった。何故だか分からないが、酷く裏切られた気持ちになった。それから、自分が信じられるものについて、その都度立ち止まって考えるようになった。大好きな叔母ちゃんを、宗教を理由に嫌いになりたくなかった。自分なりの光源を探す生活に切り替えた。まず、初詣や墓参りで、なんとなく手をあわせるのをやめた。最後にお参りをしたときの願いは「才能と実力で生きてゆくので、ほんと邪魔しないでください」だった。全部書いてあるような本は、遠ざけるようにした。抗うことができない突然の不幸は、仕方ないと割り切った。因果を呪わない。宿命を応報しない。漠然と祈るのではなく、具体的にイメージする。光を授かろうとする人たちの心は、清らかなものだ。神の存在を知らなくても、祈りたくなる時がある。ただ、そんなに簡単じゃない。とってつけたような信仰心では、太刀打ちできない場面がある。プログラムで宇宙を再現する展示、深夜に及ぶ作業、地上52階で窓越しに見せるプロジェクションマッピングを調整していたら、朝日が昇ってきた。分け隔てなく降り注ぐ光の束。ああいうものを、いつかこの手で開発したい。そんな信仰もある。

2017年2月25日号

短い絡みと書いて短絡、革を新しくすると書いて革新。

ショートショートの神様、星新一。その作品群は、何度読んでも古びることがない。通俗性を徹底的に排除、当用漢字表にない漢字は用いない。登場人物の名前もイニシャルしか与えない。場所や時代を限定しない。たとえば「100万円」という「大金」を示す場合、具体金額を使わずに「豪勢な食事を2回すれば消えてしまう額」とした。「ダイヤルを回す」という表現は「電話をかける」に直した。古くならない工夫は晩年、筆を置いてからも版を重ねるたびに続けられた。ストイックな執筆と推敲のルールを自らに課しながら達成した千編を越える物語は、いまなお新しい読者を増やし続けている。

カラオケという装置も、古くならない工夫が随所に施されている。スマートフォンが生まれる7年前からリモコンはタッチパネルを採用、ユーチューブが生まれる2年前からブロードバンドによる楽曲と映像の配信を実現させていた。カラオケ映像を専門につくる制作会社から話を聞いたことがある。

ガラケーもスマホも、３年も経てば機種が古くなってしまう。DREAMS COME TRUEの『未来予想図Ⅱ』には〈ア・イ・シ・テ・ルのサイン〉という歌詞が登場する。カラオケ映像に車が映ったとしても携帯電話は登場しない。細心かつ最新の注意が、前倒しで払われている。とはいえ、自動運転が当たり前になったら、それはそれで車を登場させにくくなる。ソフトが流行歌である以上、30年以上の先読みは不要である。

ショートショートは、掌編小説という呼び方もある。掌《てのひら》に収まるサイズの小説というのが由来である。欲張って、てのひらから溢れるサイズの情報量を残そうとするやつからダサくなる。推敲の力を知らないやつから腐ってゆく。かといって、ポケベルが鳴らなくて。古くなる覚悟のないやつは、俎上に載ることなく消えてゆく。

２０１７年３月25日号

百人斬りの男、シアタープロダクツの女。

「週末、一緒に斬られませんか?」誘い文句に興味を持った。百人斬りという演目で、文字通りただ意味もなく人間をぶった斬るという悪魔の内容。特筆すべきはその舞台裏で、前日に手渡された設計資料には100人に及ぶエキストラの相関図が事細かに記されていた。生バンドの轟音に任せてぶった斬るだけ。騒然と静けさの中で尾崎紀世彦の『また逢う日まで』を歌い上げるだけ。なのに、なんて綿密なんだ。そして、なんて下らないんだ。公然と繰り広げられる出鱈目を、自作自演した男に興味を持った。それを支える運営の女にも、ただならぬものを感じた。男とは、嘘のない関係を続けた。大喧嘩をした。フォローを一方的に外されたこともあった。こないだ偶然再会したときは、晴れやかな気持ちだった。お互い表現を続けている。生き抜いた。めでたい。乾杯した。変な咳をしていた。日を改めて、また飲もうと約束した。女とは、良好な関係を築いた。拡張現実を舞台とした、世界初の

＋ファッションショーをともに手掛けた。

観光地とは、土地の演技である。男はかつて残した。そのルーツとなる土地に足を運んだ。倉敷美観地区は、江戸の風情残る白壁の屋敷を基調にした観光地。所々に民家があり、軽トラが観光客関係なく侵入してきた。その都度、土地の演技が頓挫した。悪魔のしるし 危口統之はこの地で生まれ、この地で息を引き取った。原案をつとめた最後の舞台『蟹と歩く』の劇中で召喚され、終わり方を示さずに劇場をあとにした。2017年3月17日、享年42だった。洋服があれば、世界は劇場になる。女はかつて残した。シアタープロダクツ金森香は、2017年3月31日、同社の取締役を退任した。最後まで、衣装が持つ力を信じていた。二人は奇しくも同じ春に、劇場の幕を下ろした。

2017年4月22日号

祭りは行動様式のアーカイブだと、悪魔のしるし危口統之は言った。

オトせ！というテレビ番組が、拡張現実的な意味でおもしろかった。素人のする話に芸人がオチをつける。1対1の立ち話、オチをつけて笑いになれば素人が落ちるし、オチをつけられなかったら芸人が落ちる。見事だと思った対戦をひとつ振り返る。

千鳥 大悟 対 （人気ゼロのゆるキャラ） ちょうせい豆乳くん。豆乳くんは、牛乳パックのボディにとってつけたような顔。「見ての通り、雨に弱いんですけど」「見ての通り、雨に弱いのはちょっとわかんない」すかさず大悟がフォロー。確かに牛乳パックが水に弱いイメージはない。エピソードがもたつき始めたところで豆乳くんが「ちょっとこれ見て〜」と、おもむろにボディから顔を外して大悟に手渡す。客席から「ええー」と悲鳴混じりの声があがる。ノッペラボウ状態になった豆乳くんは「そうなのよ。紙粘土で出来ているのよ」ソコジャナイ、焦点の合わないトークを続ける。すかさず大悟は

（両手で持った顔を覗き込むように）「いま、ワシどっちと喋ってんの？」とツッコミ。状況に字幕を与えることで、観客に俯瞰の視点が備わる。もたついたトークが前フリになる。見事な大オチだった。

一方で、オトされた側の人生を思うと切ない。テレビ出るから見てね。友達や家族に連絡したに違いない。奈落に敷き詰められたスポンジの緩衝材に、ソーシャル的なダメージを吸収する機能はない。素人と芸人の間にある断絶。芸人が素人の話をどう聞いて、どこに着目して、どう構成して、どの間を見計らってオチをつけたのか。驚異的な能力、その根拠を示す拡張現実を実装すれば、オトせ！は国民的な番組になるかも知れない。２０２０年東京オリンピックも同じ構造の問題を孕んでいる。いちいち才能を問われるお祭りに、国民は参加しない。行動様式もアーカイブできない。

２０１７年10月7日号

実在と実存をつなぐ言語に、重力が加わった話。

作家の作為がチラついて小説を読まなくなって、編者の編為（そんな言葉あるかどうか知らない）がギラついて辞書を読まなくなった。最近は人為の及びにくいプログラムの定義集を読むのが格別の楽しみ。ちょうど今、読んでいるのが重力にまつわる項目。XYZ軸の定義あるいは物理演算の概念は古くから3DCGの分野で使われてきたものの、デフォルトで重力のある実在のY軸を、スマホのOS（実存）の近くで定義してあるところが画期的。この概念を内包するライブラリ（ARKit）が、向こう3年間で8億台のスマホに内蔵されるという予測が立っている。産業スケールの潮流を感じる。加えて、地面や床面などのフラットを認識できるようにもなるので、予てから頭の中で描いてきた拡張現実が、より現実味をもって実装できる。

空間把握小説『ピロティで踊ってはいけない』という小説を、この連載で書いたことがある。2012年のこと。クラブの深夜営業に関する取り締まりがあまりに野暮で、野蛮で、掌握すべき光と鳴らすべき警笛を間違えた当局への皮肉を込めた。２０１７年現在、改正風俗営業法が施行されたことで、条件を満たせばクラブの深夜営業が可能となった。それとは全く関係なく、重力の項目が拡張現実の言語に加わったことで、空間に滞在する小説の意味が変わるのは明らかだ。それに紐づく映画も、フロアに轟く音楽も、やがて再生方法が刷新されてゆくだろう。

たとえば、地面に穴が開いている。ここが刑務所であれば脱走の企てかも知れない。森の中であれば、ラビットホールかも知れない。宇宙であればブラックホール、作為も編為も及ばない。真新しいページで何を書こう。誰を呼び出して、誰と過ごそう。空間把握から始まる物語の１ページ目には、何が書いてあるだろう。

２０１７年12月2日号

第九章

音楽

文明単位のラブソング

開発者は、世界を見ている。黒い窓の向こうに。

頼まれてからじゃないと、できないことがある。カットモデル。仲のいい友人に美容師がいて、新しい髪型に挑戦したい前提があって、「未来といえばあなたしかいない」みたいなニーズと高揚感があって、はじめて引き受けることができる。無論、美容師の友人なんて存在しないし、床屋にもここ数年通っていない。こんなエピソードが実装される可能性は、きわめて低い。

これと同じテーブルに、ラジオのパーソナリティがある。一度でいい。ラジオ番組をやってみたかった。『密談ラジオ』という番組を、勝手に始めたことがある。あれは、厳密に言うとポッドキャストであって、ラジオ番組ではなかった。周波数が存在しなかった。保たれるべき密度で、絶妙な間とタイミングで、とっておきのいい声で、曲紹介をすることができなかった。たった一度でいい。マイクを僕に向けて欲しい。だけど、オールナイトニッポンの公開オーディションがあったときも、小山薫堂さんがフューチャースケイプの代役を一般募集したときも、自ら手を上げなかった。プライドとも、照れとも、ちょっと違った。頼まれてからじゃないと、生まれない空気がある。確かな感覚が、経験とともに僕の中に強く存在していた。

開発者は、ラジオのパーソナリティに向いている。それは、言葉と音楽をリスナーに届ける前に、プログラムの定義について考えるからだ。街から自動的に流れてくる音楽や、タイムラインを素通りしてゆく言葉との違いについて、考えているからだ。黒い窓に向かって、ハローワールド。語り始めるその意味を、誰よりも熟知しているからだ。頼まれてからやるという意味を、指先が覚えているからだ。ライブラリを読み込むように、ファンクションを呼び出すように、パッケージ。新しい経験の入れ物を、書き出すのだ。

2014年9月27日号

上から目線より、火の鳥目線。

ある日のラジオ番組。ゲストに、キセルとカクバリズムの角張渉さんを迎えた。キセルとは、１９９９年に結成以来、これまで10枚のアルバムを残している京都府出身の兄弟バンドである。その音色は、季節を司っている。歌われる内容も、幻であったり悪夢であったり、人間が把握している世界の範疇を越えているのだが、オカルトではない。未踏ではないが、未知である。誰の当たり前とも、同じではない。

最初に彼らの生演奏を目の当たりにしたとき、思った。人間のふりをした獣なのではないか。獣といっても、イノシシやオオカミじゃない。もっと、分け隔てのない存在。鰓呼吸も、肺呼吸もない。気圧の高低差で、耳がキーンとしない。焼いても煮ても、味が染み込まない。宇宙そのものでありながら、それを内包する魂のパッケージでもある。つまり、火の鳥なのではないか。

手塚治虫が自らライフワークと位置付け、晩年まで描き続けた火の鳥。冒頭こそ、人類が不老不死を夢見て生き血を得ようとする対象であったが、シリーズを重ねるうちに生活を離れ、文化を離れ、時間を離れて、やがて人類との直接的な因果が希薄となってくる。人間単位の感情ではなく、気候だとか時代だとか文明といったスケールの感情と、寄り添うようになる。キセルが最初から、繰り返し奏でてきたスケールと合致する。

「気を悪くしないでくださいね」と、前置きをしたあと、私は「火の鳥ですか？」とキセルのふたりに聞いた。2回聞いた。弟の友晴さんは、なんだか照れた様子で「ではないです」と答えた。その場に居合わせたレーベルの代表角張さんは「確かにそうですね。（火の鳥は）助けてくれたりしませんからね」と補足した。兄の豪文さんは、か細い声で「普通です」と答えたきり、最後まで否定はしなかった。

2015年2月7日号

文明単位のラブソング

舞台の準備で、世界に散在する考古学の文献を読み漁っている。考古学者の皮膚感覚で現代の日本と接していると、人類ってかわいいところあるなと、たびたび思う。

たとえば、モータリゼーション。車に乗っているもの同士のコミュニケーション、なかなか入れなかった道路に入れてくれたとき、ハザードランプを点滅させて「ありがとう」を伝える。高速道路で前方に渋滞を発見したときなんかも、ハザードを付けて後続車に伝える。なんて親切で、かわいいのだろう。

街を歩いていると、メガネをプリントしたTシャツを着た若者とすれ違う。彼はカラーコンタクトをしている。本当はメガネをかけたい気持ちを、Tシャツで表しているのか。それとも、カラコンとメガネの両立に、眼精疲労のリスクを感じているのか。いずれにせよ、強欲かつ自分にやさしい感じで、かわいい。日本のパン屋さんは、物凄く丁寧にパンを包んでくれる。どうせ食べてしまうのに。予め入れやすくビニール袋の口の部分をくるくる丸めて、筒状にしてたくさん準備してあるのも、かわいい。コンビニの店員さんは、無理を承知で「袋をひとつにおまとめしてよろしいでしょうか?」と聞いてくる。結果的に、ひとつにまとめることができず、「やはり、お分けしてよろしいでしょうか?」となっても、そのかわいさは損なわれない。

いつも通るバス停の前に、いつものおばあちゃんがいる。手を腰の辺りで組んでいる。そのバス停には、複数の行き先のバスが通るため、おばあちゃんは「乗らないよ」の意思表示を、ぷいっと背中を向いて示す。手を組んだままの動作が、たまらなくかわいい。人類を愚かと揶揄するのは簡単だ。こういう人類のかわいいところこそ、次の文明に残すべきではないか。歴史の1ページに書き加えるべきではないか。

2015年6月6日号

時代が抱える無理難題は、エンターテインメントで解決する。

言葉でどうにかしてやろうという連中の言葉に、ひとつもグッと来ない。書いた通りに書いた場所で動作するから、なんなんだ。画面のなかで機能しても、現実の心が軽くならなければ意味がない。暴力でどうにかしてやろうという連中のテロ行為も同じ。言葉は言葉を越えない。暴力で暴力は消えない。特徴点も特徴量もない。身も蓋もなく露骨な一本調子。密度を肌でセンスしてない。偶然と必然の見分けがつかない。矢印がまとまらない。

母が倒れて、九ヶ月が過ぎた。医療の現場からすると、生きるとも死ぬとも治るとも判断できない状況だという。転院を続けざるを得ない。定着しない病室。表情豊かだった頃の写真が、転院のたびに並べ直される。母はよく笑う人だった。それがうれしくて、出来事を凝縮して話すようになった。ラジオの仕事も、書く行為も、プログラムで誰かを楽しませようとする気持ちも、ぜんぶあの人の存在が起点だ。あの豊かな表情を、まだ再現することができない。それが、毎日悔しくて仕方がない。
モニュメントは、過去の記憶を忘れないためになるべく大きく建造される。通りすがりに見つけた美しいものは、あなたから見たら何でもないものかも知れない。だから、リボンをつけて、贈り物だとわかってもらう努力をする。写真がまだ貴重だった頃、大切な人の残像を特殊な紙に焼き付けて、ペンダントに忍ばせた。待ち受け画面とは逆の構造。この気持ちを隠すでもなく、シェアするでもなく、実装に充てている。きゃりーぱみゅぱみゅが腕に装着した筋電センサーは、紗幕に投影された巨大な大仏と接続。三千人の熱狂を導いた。微弱な脳波から表情を取り出すことだって、やがて出来るようになる。シャイにならもうなり飽きた。踊ろう。ハイになれ、あの交差点から始まった。

2017年6月17日号

聴覚による拡張現実、それはラジオ。ときどき妖怪。

佐野元春をラジオのゲストに迎えることができた。爆笑問題の番組で引き出されたエッセンスは、ヒストリーであってポエジーではなかった。それぞれ役割がある。使命と受け取るかどうかは、他に代替がいるかどうかに係る。開発者がパーソナリティを務める番組はまだ存在しない。シンガーソングライターという職業は、プログラマーと近しいところがある。英語だった言葉をカタカナにしたり、ひらがなにしたり。いちど書き下ろした歌詞を時代とともに翻している。その感覚は、プログラマーがプログラム言語を切り替える感覚と近い。あなたの楽曲を開発の頼りにしている。と、僕は口火を切った。佐野元春とのトークセッションが始まった。

スペシャルウィークということもあり、ラジオ局は佐野元春にAIやVRといったイノベーションを畳み込んだ。「メロディとかリズムは（AI解析の根拠として）加わってないのかな?」、「(VRは）自分の身体の延長とともにイマジネーションの延長、さらにそこに時間も加わる」と、それぞれ即答。普段からテクノロジーに触れているわけでもないだろうに、詩人に課せられた役割を忠実に果たしてきた者だけが許される瞬間の業だった。『誰かが君のドアを叩いている』『現実は見た目とは違う』『経験の唄』、まさに今日のことを歌っているのではないか。またセッションしよう、佐野元春はそう残して軽やかにスタジオをあとにした。

まだ質問していないことがいくつもある。鳥取の境港にある水木しげる記念館、佐野元春のサインが飾ってあった。妖怪に興味があるのですか。都市をスケッチする際、それらは含まれますか。ザ・ソングライターズに倣って、ザ・プログラマーズっていう番組作っていいですか。自分のこと天才って言っちゃう人、どう思いますか。

2017年9月9日号

猿は猿を殺さない。小松みどりは五月みどりを悪く言わない。

イメージの正体とは、何か。それは眼の誕生に遡る。光を感じることと見えることとは大きく異なる。小池百合子の失速。決定打になったのは「東急ハンズに足りないのが希望」発言。みどりのイメージ戦略で世に出た人間が、みどりの代表選手である東急ハンズに噛み付くなんて。林家ペー・パー子夫妻であれば、間違っても君の胸で泣かない。君に胸焦がさない。要するに、ボニー・ピンクのことを悪く言わない。どんなにお世話になった人からの呼び出しでも「外行きのピンクがないから行けない」と、パーフェクトに断る。光と色彩の筋が通っている。

一方で男を上げてきたのが、枝野幸男である。かの石原慎太郎に「枝野は本物の男に見える」と、言わしめた。「枝野寝ろ」のハッシュタグのイメージも強い。東北地方太平洋沖地震が発生したとき内閣官房長官だった枝野は、何かあると昼夜問わず時間を置かず記者会見の壇上に立ち、発生した事態を分かりやすく説明した。非公認キャラクターの立憲民主くんは、リッケンバッカーを抱えている。ビートルズ、かのジョン・レノンも愛用していたギターだ。イマジンという曲の中で、レノンは「国も宗教もない世界を想像してごらん」と、歌った。立憲民主くんは、非公認キャラながら「選挙運動とみなされる恐れがあるため、投票箱の蓋が閉まるまでツイートを停止します」と、つぶやいた。非公認キャラクターなのに、中身61才のおじさんなのに、トーン&マナー&ハーモニーがしっかりしている。

光を受容することしかできなかった生物は、カンブリア紀を経て、やがてくっきりとした像を結ぶようになる。これだけ発達した眼をもっているのに、我々は必ずしも対象を見ていない。耳を澄ましていない。鼓膜の誕生が何に結びついたかは、また参院選のときにでも。

2017年11月4日号

愛されてばかりいると星になるし、頼まれないでいると蟲になる。

スピッツの草野マサムネがラジオ番組を始めたというので聞いてみたら、スージー・クアトロやポリスやチープ・トリックなど、渋谷陽一ばりに選曲が渋い。そう、彼はもう50才になっていた。永遠に年をとらないような気がしていた。ＳＦみたいな毎日を実装している感覚だったのだが、時代のほうが自律的にその空気を帯びてきた▼オリンピック人気がなくなったあとの世界を描いた筒井康隆『走る男』。参加ランナーは３人、観客はとっくに飽きている。主人公はマラソンの途中で結婚して色々あって現役引退、思い出したようにかつてゴールのあった場所へ。60年代に書かれた短編。色褪せない思考実験と痛快なスポーツマンシップ批判がそこにあった▼東京オリンピック２０２０のロゴをデザインした野老朝雄さんとイベントで隣り合ってから、断片的に50年単位の会話を続けている。佐野研二郎の一件で噴出したクリエイティブ領域への懐疑、リオ・オリンピック閉会式で東京パートの音楽監督を担った椎名林檎の振る舞い、いまクリエイターは何を問題とし、何を解決するべきか▼喜怒哀楽、士農工商、冠婚葬祭。時代を区分してきた感情が、階級のともなう社会構造とともに、姿形を変えようとしている。「そうだ！」と第一声をあげる人のことも、「確かにそうだ！」と共感ベースで立ち上がる人たちのことも、無視できない▼美人じゃない、魔法もない、途中から変わってもすべて許してやろう。スピッツは最初から変化を許容している▼技術が主役になってイノベーションとニーズの差分をユーモア仕上げで浮き彫りにする文体をここ10年で開発してきた。次の10年は、和差積商もろとも縦横無尽に実数を示す必要がある。ヤワなハートが痺れる。心地よい針の刺激。加減乗除、つまり解法のレシピもそえて。

2018年1月27日号

地球の歩き方、吸える地球の作り方、拡張現実の扱い方。

1979年にダイヤモンド社から創刊された地球の歩き方。それまでの旅行誌が観光スポット中心だったのに対し、読者を個人旅行者に絞って構成。現地での移動や滞在など、具体的な手段を数多く示した。電波少年でヒッチハイクがシリーズ化したのが1999年、バックパッカーを中心とした生の声を特集するなど、ゆるやかにターゲットを若年層へシフト。2000年代になると、口コミ文化の台頭により若年層はインターネットへ、現在は富裕層の中高年にターゲットを移動。ミドルからハイクラスのホテル情報が中心となっている。

六本木で開催されるメディアアートの祭典からオファーされて、AR三兄弟が新ネタを出すことになった。その名も吸える地球。同じフロアに出品される触れる地球、落合陽一（情熱大陸でカレーを吸っていたことで有名）が参加することなどから、軽率にネタの方向性を定めた。着眼点が安直であればあるほど設計は難しい。何しろお手本がない。地球の大気圏に巨大なストローを挿して酸素を吸い込んだら、環境にどのような影響を与えるのか。逆に二酸化炭素を大量に吹き込んだら、生態系はどう変化するのか。気象学、物理学、気圧センサー、そしてユーモアを駆使して開発を進めた。重々しい印象があるメディアアートの世界。二度と呼ばれないかも知れないが、自分の仕事は全うできた。

雑誌も、アートも、移りゆく目標をさらに絞ることで生き長らえてきた。雑誌はより粗雑なものを扱うべきだし、アートはより軽率であるべき。やり方はひとつではない。僕は地球を吸ったり宇宙に触ったりしながら、拡張現実を扱ってゆく。次は日本を代表する時間芸術『君の名は。』を中国で立体にして、白い雲を栞にしてみせる。軽くできるということは、重くできるということでもある。

２０１８年２月24日号

第十章

月／人類

皺に刻まれるのは経験だけではない

月を極めると書いて月極、月に謝ると書いて月謝。

表記が変わる。たったそれだけのことで、人間は露骨に狼狽する●たとえば銀行。三菱東京ＵＦＪ銀行はこの四月一日から東京が抜けて、三菱ＵＦＪ銀行になった。メインバンクを当行にしていた給与所得者は、会社にその旨伝えなければ七月以降は給与振込されなくなる。まあ大手企業であれば自動的にやってくれそうだが、特にフリーランスという名の自営業者からしたら怖い話だ。家賃収入で暮らしている富裕者層も、うかうかしてられない。六月いっぱいまでに入居者に連絡しておかないと、翌月から自動振替が利かなくなる●食品の表記も変わった。スラッシュルールと呼ばれる業界ルールが施行されたのだ。食品表示法の完全実施は二〇二〇年四月一日以降にもかかわらず、多くのメーカーが先行して実施している。具体的に何が変わったかというと、以前は「コーヒー、香料、乳化剤」と表記されていたブラックコーヒーが、「コーヒー／香料、乳化剤」と変わった。原材料名と添加物を明確に区別するようになったのだ。一九九一年、江口洋介がコマーシャルで「J.O.どこ？」と缶コーヒーを探し歩いたあとに、「以上」と無駄にJ.O.をかけた台詞をカメラ目線で決めていた。現在もあのままの勢いでJ.O.を探し歩いているとしたら、どうだろう。Asahiは既に缶コーヒーの表記をWONDAに一本化してしまった。誰か伝えてあげないと●タイトル表記の妙から売れる本がある。『さおだけ屋はなぜ潰れないのか？』はその代表格。この本が発売されたのは二〇〇五年、以降「(突然ですが、ここで問題です)」方式の表記の書籍をよく見かけるようになった。たまに乗る京王線の車内広告で愕然としたのは、サンマーク出版の書籍。『成功している人は、なぜ神社に行くのか？』という瑣末なネーミングにトランプ以降の風向きシフトを感じつつも、「二十万部突破」という横殴りの表記に殺られる。人間は、本に想像の余白を求めなくなってしまったのか。心まで貧しくなってしまったのか●クリームパンにはクリーム入りと表記されているが、かにぱんに「カニ」という表記は入っていない●人工知能が司るインターネット時代の表記といえば、ゴリラ。Googleフォトで自動タグ付けをする人工知能が、黒人を誤ってゴリラと認識してしまった。二〇一五年に浮上した通称ゴリラ問題、二〇一八年現在に於いてもまだ解決していない。妥協案として、自動的にタグ付けされる用語から類人猿を外すようにしている●マツモトキヨシで売られているトイレットペーパーが、世界的に権威のあるドイツのデザイン賞を獲った。黒人が小脇に抱えてそうな大きなラジカセや、買い物袋から覗くと素敵な色彩の果実やワイン、そして抱きかかえると可愛い赤ちゃんなどがプリントされている。そもそも持って歩くのが疎まれる商品。パッケージひとつ工夫するだけで、行動様式から変化が生まれる。価値の矢印が変わる●要するに、月刊になったテレビブロスで新連載が始まりました。月刊ならではの文字数、濃縮還元、賞味期限100年の内容でお届けします。

2018年6月号

文明単位の列車を走らせるために必要な余白の面積

東京藝術大学に通う学生たちから、50年後の教育について取材を受けた。どうしたら未来の若者たちが学問に関心を持つのか。拡張現実などのテクノロジーが進化してゆくなかで、芸術をどのように更新してゆけばいいのか●50年と急に言われてもピンと来ないが、小・中・高・大・専門の学校を卒業して就職、やがて管理職になるまで。制度まるごと更新できる可能性があるのが50年という歳月だ。たとえば小学校の教科でいうと、算数の問題を算数で答えなくても良い。そんな斬新な採点方式を制度に組み込むことが出来る。算数の問題を道徳で答えてダイキ君が可哀想だと訴える生徒の飛距離をむしろ讃える。その答えに◎を与える教師を新しい教育制度が支える。書き順や計算を覚える宿題は非効率であるということを、生徒自ら書いたプログラムで示してもいい。子供たちは覚えたことを、凄まじい速度で使いこなすようになる。自らの未来と直結した時間を、学びながら見つけることができる●ワープする路面電車という新ネタが、常設展示としてオープンした。場所は広島、路面電車の車体を拡張してください。いつも通りざっくりとしたオファー●小学生だった頃に通った教室の窓から、もう走れなくなって市から寄贈された汽車が見えた。時間割と空間を超えて、頭の中でいろんな場所へ行った。あの感覚を実装したい。あの頃、僕の家族が住んでいたマンションは、新築の分譲だった。けして裕福だったわけではない。苦労して手に入れたであろう物件。母親はリビングの壁全体を自由に使っていいと言ってくれた。僕はあらゆる画材を使って、壁一面に絵を描いた。今回キャンバスとなる路面電車の車体はモスグリーン、かつてドルトムントで製造されて広島で役目を終えるまで100年以上の歳月を重ねた。しかし、このままではプロジェクションマッピングがぜんぜん映えない。臆することなく、真っ白く塗ることにした。多くの反対が出たが、オープン後の大反響を見る限り、正解だったと思う●教育に関するインタビューはまだ続いていた。若い人の間では、相変わらず恋愛リアリティショーが人気らしい。例えばテラスハウスが織りなす新しい三角関係について、数学者に解説してもらうのはどうだろう。学問のエントランスをポップに誂える●取材場所は僕が設定した。新宿にある珈琲西武で会議室を取ると、ステンレスの水差しを置いてくれる。表面に発露する水滴を見て、画家ならどう考えるか。物理学者ならどうか。目の前で生じている現象を、瞬間的に学問の糸口にする。現実に教科書の目次を与える機能を、拡張現実というテクノロジーは50年という歳月をかけて適えてゆく。そう答えた●テクノコントは向こう100年の芸能を拡張しようという高い志で始まった。最初にかける新ネタは、向こう10年を見越して作っている。何事もまずは地ならし。構造計算と実証を積み重ねて、まずは余白という名の更地を作る。1000年耐えるレールを敷く。文明単位の列車を走らせる。

2018年7月号

AR三兄弟、ニューヨークへ行く。

ドキュメント72時間のニューヨーク コインランドリー劇場の回でカメラを向けられた女性が、自らの物語をこう切り出す。「私に何を話して欲しい？ 70年間の全てを？」「私は1946年にここで生まれた。目を閉じると全てを思い出せるわ」たった一言で、引き込まれる。洗濯が終わるまでの数十分で合衆国の歴史と現状を振り返る能力があることを示唆する。人種と権利の坩堝。個の数だけ存在する語り口。アメリカ人のこういうところが僕は大好きだ●テクノコントの旗揚げ公演を終えたAR三兄弟は、振り返る間もなくニューヨークへ旅立った。13時間空の旅。元モーグル選手で非合法ポーカー賭博場の主人として一財を成した『モリーズ・ゲーム』、ナンシー・ケリガン襲撃事件の当事者である元フィギュアスケート選手の知られざる真実『アイ、トーニャ』、73年に実際に行われた世紀の男女テニス対決の顛末を追った『バトル・オブ・ザ・セクシーズ』など、アメリカの映画を中心に観漁った。やはりここでも個の数だけある語り口は健在、前時代と現代のトーン調整、唯一のファクトである法廷の絡みが見事だった●ニューヨークで展示したのは、原画から完成までのプロセス、つまり時間の非可逆性を拡張現実的に融解するもの。タイムコントローラーと名付けられた仕組みは、来場者に驚きを与えた。他にも今回の個展の主である西野亮廣（帰国するやいなや美術館問題で炎上してて流石）を自由の女神と同じ大きさ・材質にするものを作ったが、個人的にメインと捉えているのは世界で2億再生を記録している『This is America』というチャイルディッシュ・ガンビーノのMVを撮った『Is this America?』の発表だった。いまのところさほど話題になっていないが、確かな手応えがある●AR三兄弟という開発ユニットは、来年でほぼほぼ十周年を迎える。レッチリのギターが変わるニュアンスで、三男が一度交代しているが、基本姿勢はさほど変わらない。テクノロジーを無駄に駆使して人前でどんな芸が出来るか。省略から斬新を導けるか。それが原点。ストリートでARを使ったVJを披露する、土地の演技であるところの観光を真顔にさせる。この新機軸には大いなる可能性を感じている●テクノコントでは、センスある人たちと共作することで立体的になるお笑いの可能性について追求した。どんな作家も「おもしろい」を追求して作品を作るが、「笑いを取る」ことに特化して装置から開発する人間はそう多くない。油断してると「やっぱすげー」ってなってしまうチームラボやライゾマとも、明確に棲み分けできる。アルバムを作るように、年に1回集まって新作を披露すると決めた。笑いを担保したうえで、シングルカットという名の社会実装を続けたい●帰国すると『This is Japan』のクオリティが酷い、日本の恥だと炎上していた。RADWIMPSの『HINOMARU』も評判が芳しくない。日本人は、個と国と時代の感情を結びつけるのが下手だ。DA PUMPの『U.S.A』でISSAが「どっちかの夜は昼間」と高らかに歌い上げていて、あれくらいが丁度よいのかも知れない。

2018年8月号

味がする方と書いて味方、物語の水源について。

「ただの水」がミネラルウォーターと呼ばれるようになり、お金を出して買うようになった1983年（六甲のおいしい水）から1987年（エビアン）のことをよく覚えている。かつて観音開きだったテレビと全く同じ尊敬のされ方で、首から下げる革製のエビアン入れが静かに流行し、まもなく廃れた。30年以上経つのに、まだ記憶に新しい。SNSを休止して久しい。水溶性の年表を作ることで、タイムラインとは異なる流れから水脈と接続したい●1989年（鉄骨飲料）、12歳だった。乾燥した本棚の渇きを潤すように透明度の高い本を貪るように吸収。水と同様に、軟質のものがあれば硬質のものもある。毒性のものだってあるし、読み物はとっくに飲み物であった。なかでも秀逸だったのは、フランシス・ポンジュが書いた『物の味方』。この詩集には、化学調味料めいた人間味が含まれていない。雨や秋の終わりや羊歯のラム酒などといった登場物が、登場人物のように扱われている。物の味方は必ずしも饒舌ではない。余計な修飾をしない。嘘をつかない。例えばラム酒の味方になることで、若葉の隙間からブラジルが見える。推理小説の文法を使わずとも、物証を辿る必然が生まれる。謎解きという行為は、一般の読者からすると酷く窮屈。想像の余地を残さない構造になっている。言わば時間芸術の限界、露骨に拡張してゆきたい●物に記憶できる仕組みを2015年（い・ろ・は・す とまと）に開発した。したきり、目立った動きをしていない。何か足りない。物の味方になれる語り部が少ない。万物が読み物になる享楽を、人類はまだ知らない。物語の水源をまだ確保できていない●2016年（おいしい水プラス）にキム・ギドクが撮った映画、『The NET 網に囚われた男』。北朝鮮の漁師が、漁船のエンジン故障で領海を越えてしまう。韓国でスパイ容疑をかけられ、そのまま独房で軟禁。留置所とはいえ、北朝鮮よりも豊かな設備が整っている。漁師は椅子のような机に間違って腰掛ける。数秒のシーンで、監督が物の味方であることがわかる。案の定、映画は終始秀逸。北と南、網とスクリュー、法と番人、男と女、事実と記憶、ナイフとフォーク、紙とペン、秘密と腸詰め。物を味方につけた監督は、万物をイメージに即して配置するだけで問題を浮き彫りにできる。説明のための長台詞も、叙情性を高めるための照明も、悲しいシーンを助長する悲しい音楽も、ぜんぶ必要ない●2018年（アサヒ クリアラテ from おいしい水）、奇しくも透明で味がする飲料がブームとなり、売り場の表記が荒ぶるように複雑化している。サッカーと死刑のニュースに隠れるように、民営化を含む水道法の改正案が国会を通過。大雨による二次災害。冠水によって地面は限りなく不透明だ。感情に流されるのではなく、物の味方になって水面下をイメージする。命の重さ。膨張する憤怒。連帯する家族。老朽化したままの水道管。神は水道事業を担当しない。血が透明になることはない。コーラはやっぱり、真っ黒い色のまま飲み干したい。不純物の名残りとともに。

2018年9月号

コピー・アンド・ペーストで増幅する価値について

マクドナルドが店舗を増やすたびに価値を上げたり下げたりするのが、いまだにミステリーだ。ぞくぞくする。ハンバーガー肉のミンチに含まれる配合比率や工場の衛生管理によって上下する評判は、この際たいした問題ではない。空間がコピー・アンド・ペーストされるだけで商標が獲得する価値そのものに興味がある。主語は、サイゼリヤでも、串カツ田中でも、アパホテルでも、何でもいい●フランチャイズを最初から馬鹿にして食べログの評価だけを基準に生きていたら、このミステリーの存在に気がつかない。わりと長いこと疑問に感じながら、看板を掲げることなく地味に研究を続けてきた。そして、最近になってようやく大きな手がかりを見つけた。まさに灯台下暗し、マクドナルドの創業者、レイ・クロックの伝記映画にヒントがあった●ミステリーの舞台として整っていると思えるのは、マクドナルドの創業劇がデフォルトで持ち合わせている暗さである。いまの明るさはその反動であると言える●レイはそもそもお人好しで、マクドナルド兄弟の美学に心を奪われ、ほぼボランティアの状態でフランチャイズ加盟店を増やし続け、勝手に経営危機に直面していた。サービスのクオリティが保てないことにも苛立っていた。断られた融資の場で隣り合った男から、こう助言を受ける。「あなたは何の業界にいると思ってますか？　不動産業ですよ」、レイは目を丸くする。男は話を続ける。加盟店の契約をするまえに出店候補の土地を購入しておき、借地契約を加盟の条件に入れる。それだけで、銀行と加盟店が手中に収まる。助言の通りにしたレイは大きな財を成し、結果的にマクドナルド兄弟が発明したノウハウと商標を強引に取得。助言した男は、やがて副社長となった●飲食と不動産、まるで異なる業態を串刺しにして考えるダイナミズム。経営という残酷な仕事に興味はないが、この手の発明がまだ内在しているということには興奮を覚える。このミステリーを解いたあと、あらゆるフランチャイズを見る目が変わった。なるほど、成功している店はもれなく担保がある。サイゼリヤは理系の知識を活かしたレタスの鮮度、串カツ田中は油を定期的にろ過する機械とそこで取れた油かすを肥料にして専業農家へ提供するまでのエコシステムを担保している。そういえば、アパホテルの元谷芙美子社長とお会いしたときも「ホテルで儲けてる訳じゃないのよ、要は不動産なの」と、こっそり教えてくれた。ようやく意味が理解できた。いただいたサイン色紙には「能ある鷹は爪を出せ！」と、力強く書いてあった●エンターテインメントの世界でも、増えることで減る価値と、増えれば増えるだけ上がる価値がある。秋元康は、意識的に地名を担保にしたアイドル戦略を打ち出したのかも知れない。インターネットで繰り返されるコピー・アンド・ペーストについてはどうか、音楽の世界はサブスクリプションという形で答えが出始めている。拡張現実的にはどうか、外は夕立。轟く雷鳴。天地創造と連なるイメージ。

2018年10月号

コピー・アンド・ペーストで損なわれる価値について

渥美清主演、山田洋次監督の『男はつらいよ』の最新作が公開される。とはいえ、主演の渥美清は22年前に亡くなっている。何かしらの最新テクノロジーによって、渥美清の肉体と声色が再現されるのか。それとも満ちた男と書いて満男を中心とした群像劇が再編集されるのか。注目が集まる●期を同じくして、ある匿名作家による3Dモデルがタイムラインを賑わせた。上半身裸で筋骨隆々、虎と桜吹雪の刺青を大胆にあしらった渥美清の姿がそこにあった。いつも通りの人懐っこい笑顔で、こちらに拳銃を向けている。奇妙な感覚に鳥肌が立った●僕は全シリーズを何度も見返すほどの筋金入りの寅さんファン、渥美清が亡くなった際には帝釈天へお参りに足を運んだ。「不謹慎だ」と騒ぎ立てるほうが正しい反応かも知れない。しかし、そんな気分じゃなかった。渥美清という役者が、いかに車寅次郎という役に囚われ、もがき苦しんだか。どんなに新しい取り組みをしても「寅さんが○○を演じてる」としか観客に印象付けられなかった事実を知っている●オールドファンあるいは松竹からクレームが入ったのか、その発表元だったショーケースサイトのリンク元はもう削除されている。著作権と肖像権、本人が亡くなってしまって以降は金銭のつながりだけが残る。経済的に損をすると考える者だけが、声を荒らげる。しかも連中は、自ら価値を生み出すことができるタイプの人間ではない。だから、コピー・アンド・ペーストによって価値が本当にすり減っているかどうかなんて、誰も考えようとしない●全然違う話をするようで、本質的な話を続ける。タイムラインに出回ってきた「炊飯器で作れるチャーハン」のレシピについてである。チャーハンは炒める飯と書いてチャーハン。炊飯器で蒸してしまっては、それはもうピラフなのである。これに似た違和感は、蕎麦屋で注文したカレー丼が「カレーライスを丼サイズに収めたもの」であったときに生じるライブな残念感に似ている。蕎麦屋で出すカレー丼の価値は、蕎麦屋特有の出汁をベースにした割下とカレー粉で味付けされた上物、つまり「あん」にある。とろみの原材料は片栗粉であり、カレーのルーの根拠である小麦粉とは一線を画する●誤った作り方を不当に後代で伝えられたならば、レシピを作った当事者は憤慨するに違いない●寅さんの3Dモデルはどうか。役者として寅さんのイメージをゼロから生み出した渥美清にとって、この応用は目を瞠るものがあったのではないか。新しい役者人生へ向けた光明として機能したのではないか。コピー・アンド・ペーストされることで損なわれる価値ではなく、むしろ役者としての凄味が増幅する方向へ価値は動いたのではないか。これが究明されない限り、安易に淘汰すべき作品の流れではない。猥褻、パロディ、ヒップポップ。類似する間違った過去の判例はいくらでもある。時間が解決するよりも先に、こんなやり方もあると具体的な作品を以て問題を提示しようとする気概ある作家を、けして潰してはならない。

2018年11月号

現実では負けたけど、拡張現実的には負けてない。

台風24号は、多くの人々の願いをいとも簡単になぎ倒して東京上空から去っていった。AR三兄弟が開発していた、まるで映像を演奏するかのように操れる仕組み（名前はまだない）は、幻のリハーサルを経たのみで最後まで披露することができなかった。中国は厦門を周遊して、カンフーポーズでプロフィール写真まで更新して、満を持してのアジアン・カンフー・ジェネレーションだったのに。残念でならない●物語の中を検索できる仕組みも準備していた。編集者佐渡島庸平との会話は続いているものの、一緒に何かを最後まで形にしたことがない。僕が紙に収まるタイプの作家であれば、苦労しなかっただろう。形にならないまま、時間だけが経過している。パフォーマンスは僕にとって重要な工程で、そこで喝采を浴びないものは最後まで作る価値がないと考えている。だから、佐渡島自身が生み出した世界、宇宙兄弟に片足を突っ込んで、その取っ掛かりになるものを人前で披露し、同じ場所から次の可能性を探りたかった。その機会も失われてしまった●あのフェスは番組連動のもので、同名のラジオ番組がすべての発端となっている。ずっと支えてくれていたスタッフが今年のイノフェスを最後に、ラジオ業界を引退することが決まっていた。佐野元春だとか、アジカンだとか、ミュージシャンのブッキングを率先して仕掛けてくれたのもそのスタッフで、今回のコラボレーションも彼女の存在がなければ実現できなかった。普段の僕はふざけてばっかり。最後に感謝を込めて、大きな花火を打ち上げたかった。それも叶わなかった

●僕らの出番の直前に予定されていたのは、武藤将胤とandropによるライブパフォーマンス。武藤は、ALS（筋萎縮性側索硬化症）であることを自ら公表、日常生活がままならない状態にもかかわらず、わずかに残された身体の動く部分を使って、もっと具体的にいうと眼球の動きを眼電位センサーで拾って、VJ表現を人前で行う。ALSは人間の運動能力を奪うが、知能のはたらきを低下させることはない。好奇心も、羞恥心も、向上心も、全て持ったまま、運動神経だけが奪われてゆく。やがて手術を施さなければ呼吸ができなくなる。その手術が迫っているなか、武藤は出演を快諾してくれた。どうしてもこの公演は実現させなくてはならなかった●人間が自分の為に行動できる範囲は限られている。同時に、自分の為に流せる涙の量も、たかが知れている。連帯するものの存在、多くを巻き込んでしまったからこそ迎える深刻というものがある●なんの前触れもなく各地を襲う自然災害、不意にやってくる大切な人との別れ。用意していた映像には、拡張現実的に天地創造を繰り返す内容が含まれていた。佐渡島には空間を物語に変えるヒントを示した。翌日から別の業界へ旅立った元スタッフには、赤い水玉のビニール傘と愉快な模様の靴下をプレゼントした。武藤が自らの病状を初めて告白した動画の最後には〝Fuckin'ALS〟と書いてあった。負けてたまるか。仕事で返すと書いて仕返し、必ずリベンジする。

2018年12月号

老後の楽しみ前倒し、PS4はじめました。

拡張現実的に思うところがあり、PS4をプレイしている。テレビに接続するタイプの家庭用ゲームで最後にプレイしたのはファミコンのキャプテン翼、ドット絵だったグラフィックは当たり前のようにフル3DCGに進化している。十字キーとAボタンBボタンのシンプル構成だったコントローラーは、方向キーの他に縦横無尽にぐりぐりできるスティックを左右に搭載。さらに○ボタン△ボタン□ボタン×ボタンとタッチパッドボタン、人差し指と中指にかかる側面にはL1L2とR1R2がそれぞれ配置してある。単純計算して9個もボタンが増えている。さぞや慣れるのに時間がかかるのかと思いきや、そこは76世代の面目躍如。わりとすんなり順応できた●まず開封したのはHorizon Zero Dawnというオランダ産のゲーム。世界で760万本を売り上げている。いわゆるオープンワールド型のアクションRPG。ゲーム世界をどういう順番で進んでもいい。与えられるミッションに答えても答えなくてもよい。人類の文明が崩壊して1000年後の世界、生物を模した機械生命体が闊歩しており、人類は狩猟を主とした生活に逆戻りしている。友達がいない主人公は、人里離れた場所で、父親らしき人物から狩りを習っている。ある日、入ってはいけないと禁じられた場所へ踏み入ると、フォーカスと呼ばれる未知の機器を発見する。それはドラゴンボールでいうところのスカウターのようなもので、敵の弱点が見えたり、空間に宿る人の気配を時間を越えて感じ取ることができる。未知の文明に触れつつ、自らのルーツそして機械生命体が生まれた謎に迫ってゆく。従来のクエスト型のRPGとは、スケールが違う。まさに、文明単位のロールプレイングゲームといえる内容●次にプレイしたのはDetroit: Become Human、フランス産のアクションアドベンチャーゲーム。驚くべきはそのシナリオのページ数。映画の平均的な台本ページ数が100ページなのに対して、このゲームでは4000ページのシナリオが用意されている。タイトル通り西暦2038年のアメリカ・デトロイトが舞台。ある日、家庭用アンドロイドが所有者を殺害する事件が勃発。そこに巻き込まれる3体のアンドロイドがゲームの主人公。刑事の助手をしているものがいれば、単に老人の介護をしているものもいる。父子家庭のハウスキーパーとして働くものもいる。3体の物語が交錯して、ゲームは進行する。不思議なもので、アンドロイドとしてプレイしてみると、人間が酷く憎たらしくなってくる。僕という個体は、7000円近いソフトを自腹で購入したのに、画面のなかで雑用をやらされている。コントローラーを傾けてご主人様のコップに水を注いだり、L1R1を押して車椅子を押したり、掃除機をかけたり。名実ともに、私は一体何をしているのだろうって気持ちになる●老後の楽しみを前倒ししてまでゲームをする理由はただひとつ。この未知なるゲーム体験、そしてフォーカスやストーリー分岐といった新機能を、現実へ移植したい。まだ三次元に過ぎない世界を四次元に、やがて五次元の方向へと拡張するために。

2019年1月号

デバッグ・トゥ・ザ・フューチャー（予告編）

美しすぎる風景をみたとき「CGみたい」と表現するようになったのは、いつからだろう。いくつか条件が重なって、結果的に木村拓哉の3Dモデルのポスターが富士そばの店頭を飾っている。まさに平成最後の冬といった様相。ナイジェリアの大統領が「私はクローンじゃない」とわざわざ訂正したのが話題になっていたが、龍が如くシリーズでゲームに登場して以降の最新の木村拓哉をテレビで見かけるたび「（CGなのかな？）」と思えてきて、願わくば「＊このキムタクはCGではありません」とテロップを入れて欲しい●そもそもCG顔というのがあって、肌の質感だったり表情のバリエーションの無さだったりするわけだが、けして貶しているわけではない。むしろ褒めている。イメージを膨大にコピー・アンド・ペーストするには、なめらかな記号化が必須となる。それができないタレントは、国民的な総数を相手にすることができない●一流のモノマネ芸人は、記号を呪文のように編み出すことができる。ホリと新番組で対談したとき、「ちょ、待てよ！」の由来について教えてくれた。曰く、その台詞があるドラマを研究して発見したのではなく、イラついた木村拓哉ならそう言うのではないかという仮説からピックアップしたとのこと。想像からまずはやってみて、ウケて、重ねて、ほんとにあんなこと言ってたのかなとドラマを振り返ってみたら、ラブジェネレーションの第5話で本当に言っていた。「死んだらおどろいた」は故・丹波哲郎の名言だが、「言ったらやってた」はホリの名言である●ホリは、武田鉄矢についても言及。ホリ以前の武田鉄矢は金八先生のイメージの運用に過ぎなかった。金八の諭すような丁寧でスローな台詞回しが定着するなか、ホリは１０１回目のプロポーズ以降のオラついた武田鉄矢に着目。シン・タケダテツヤの運用に初めて成功。武田鉄矢というジャンルに新風を吹かせた●モノマネという芸は、国民的タレントの端的なイメージを特徴点として捉えて、それを増幅させることで成立しているものだと勝手に捉えていた。実情はまったく全く異なる。どちらかというと、発見と発明の連続。誰もまだ扱っていないやり方を見つける。それでいて、本人が言わなそうな台詞は絶対に扱わない。記号化されたイメージに、喜怒哀楽を与えてグラデーションを与える。カラフルと一元化。飛距離とリアリティ。背反する造作行為●あらゆる技術は由来を凌駕したときに成熟を迎える。ここ数年のシェーダー技術（あるいはそれを支えるＧＰＵ）の進化により、ＣＧは風景を凌駕する存在となった。シェーダーの由来は「陰影をつける」こと。モノマネの由来は「物学び」で、すなわち「物から学ぶ」こと。安易にモノマネから学ぼうとするものは、モノマネのモノマネと揶揄される。あらゆる芸能・芸術に精通する学びの姿勢をホリから学んだ●未来へ向けて、デバッグを重ねる。経験とは、技術とは、芸能とは。過程を収める。コントを仕上げる。デバッグ・トゥ・ザ・フューチャーはまだ始まったばかり。

２０１９年２月号

ワンダと巨像（とガーファとファーファ）

インターネット周辺の経済には、巨人を表すＧＡＦＡ（ガーファ）という用語がある。Google、Amazon、Facebook、Appleの頭文字をとったもの。スタートアップ企業が投資を募るとき「このアイデアならＧＡＦＡを倒せる」なんて見栄を切るわけだが、大半は巨人の足下にも及ばない。巨人の視界にも耳にも入らないまま藻屑のように消えてゆく●禁を解いてＰＳ４を買ったので老後の楽しみにとってあったワンダと巨像をプレイした。最初の巨像と対峙したとき「（これ設定あってますか？）」と制作サイドに確認したくなるようなスケール感。とにかくデカい。圧倒されて手に握る剣だとか背負っている弓だとか、武器の存在を忘れてしまう。なにより巨像の振る舞いが美しい。その神々しい存在を主人公はなぎ倒してゆかなければならない。太古の人類が巨大な建造物をたくさん作ったのは、巨像にいま僕が抱いている畏怖の念を世界に対して持ち合わせていたからに違いない。そう感じさせる凄味が『ワンダと巨像』の世界観にはある●ガーファの経済圏（純利益）は、Ｇ：91億ドル、Ａ：１４１億ドル、Ｆ：51億ドル、Ａ：28億ドル。合計３１１億ドル（３兆３７２７億円）。２０１８年第二四半期の数字。額面通り、年間で見るともはや国家予算。とてもアイデアひとつで倒せる数字ではない●ワンダと巨像の戦い方を振り返ってみる。まず、光の地図で巨像の在り処を調べる。巨像が登場したらフォルムを把握する。どこに毛が生えているから掴めそうだとか、視界が後方まで及ばないからそこから斬り込めそうだとか。剣を太陽にかざして巨像の弱点を炙り出す。観察した行動パターンからタイミングを洗い出し、弱点を叩くにはどういう動線を確保すればいいか攻略してから戦いに挑む●巨像に挑むことはすなわち畏怖の念に囚われないこと。GoogleMapで示されない地図、Amazonで手に入らない武器、Facebookで見つからない仲間、Apple（のiTunes）では手に入らないプレイリスト。そういったひとつひとつに対する別解を用意し、やがて束となった世界観を、巨像に挑むような敬虔で新たな場所へ持ち込む●ガーファという響きは、なんだかごわごわしている。柔軟さ、いわばファーファ的な要素が足りない。そんな会話からひとつ新しい会社を作ることになった。百年先を自らの設計図とともに見渡すことができる建築家の眼、つまりは特化した経験を蓄積してカジュアルに提供する仕組みを構築する。巨人は小回りが利かない。ごわついた手足からは、本来機敏であるはずの触覚機能が奪われている。まずはそういうところから具体的な攻略をスタートさせる●ぜんぜん話が変わるが、dTVチャンネルで始めた新番組の視聴者がぜんぜん増えなくて困っている。YouTubeで公開すればもっと伸びるはずだとか、もっとSNSでシェアできる仕組みにするべきだとか。結局GAFA頼みのPRアイデアしか浮かばないことに、我ながら愕然としている。GAFAにNetflixを加えたFAANG（ファング）という新たな用語も出てきたが、それはまた別の話。まずはワンダと巨像をクリアしてから、溜まりに溜まったマイリストを消化してから。

2019年3月号

デバッグ・トゥ・ザ・フューチャー
（本編）

最初に出した単行本で漫画家の骨格が明らかになるように、初恋で人生観はある程度決定づけられるのではないか●隣町の小学校のマドンナだった女の子、勉強も運動もできて容姿端麗。遠くの惑星の生き物なんじゃないかと思うくらい、美しかった。当時から天才だったけど、マンモス校に飲み込まれるように個性を出しそびれていた。8年間に及ぶ片思い。何らかの奇跡が作用して終盤に付き合うことになったのだが、結局、目を合わせて会話することも手を握ることもできなかった●ピロティや踊り場といった建築の専門用語は、中学校の教室でも気軽に口にすることができた。意味はよくわからないが、耳に残るフレーズ。大人になってからも使いたくなる。建築家に確認したくなる●絵画教室に通ってまで絵を上手に描きたいという欲求がわからない。字を上手に書きたいという健気な気持ちは少しわかる。教養がなくとも字だけは綺麗でありたい。母親は倒れる直前まで字の練習をしていた●モノマネのモノマネを上手にできたところで、それは二番煎じに過ぎない。ピカソの泣く女も、ホリの怒る男（武田鉄矢）も、まだ誰も着手していないアプローチから生み出してこその芸当●写真になる写真にならない。写真家は指先に独特のセンサーを持ち合わせている。同じシチュエーションでも、ヒロミックスなら写真になるけど、荒木経惟だと写真にならない。呼吸するようにシャッターを切る者がいれば、生命と引き換えに永遠の美しさを引き出す者もいる●陵辱ものというジャンルがすでに確立されているエロの世界では、最新テクノロジーがいち早く導入されるが、必ずしもシリーズ化に結びつかない。技術と見え隠れの妙が組み合わさったときに、マジックミラー号のようなヒットが生まれる●シンプルな線と点で表現する地図記号で、日本は独自の進化を遂げている。非言語っちゃ非言語。温泉マークを生み出した国土地理院は2019年で150周年を迎える●歴史は繰り返されるといいながら、そのディティールはやはり時代ごとに大きく異なる●何を百貨するかという話でもある●ゲームのコントローラーは複雑化の一途を辿るかと思いきや、一方で形を失いつつある●何を立体的に展開するのか、どんな材質で出力するか、何と接続して誰としてプレイするか●元号が変わるタイミング。ゲームもスポーツも、ルールから作り直すことを考えたい。ユーモアはお笑い芸人だけに与えられた機能ではないし、逆にテクノロジーだって技術者だけの特権ではない●初恋の人とは何通か手紙を交わした。手紙の中では、いつも通りユニークでいられた。最後に交わした手紙には「遠くのあの星のようにいつまでも輝いていてください」と書いてあった●いまだに恋愛と生活が得意ではない。地球のカレンダー通りに生きてゆくことができない。せめて大切な人たちの周縁で悪い動きをするバグを取り除いておきたい。プログラムの語源は予め書かれた物。ここに書いてあることは少し難しいけど、番組はたのしい。観て欲しい。

2019年4月号

現実的ではないが、拡張現実的ではある。

まったく現実的じゃない。男子グループでひと笑いとったあとも、女子にフラれたときも、会議でアイデアを求められて発言したときも、呪いのように繰り返し浴びせられてきた言葉だ●いつだって確かな根拠がある。構造計算も揺るぎない。揺るぎないものを、常識の物差しで乱暴に審査される。無理の烙印を押される。絶対的なものをかんたんに否定される。このストレスたるや半端じゃない●朝起きるたびに、プライドが高すぎて吐きそうになる。「カノッサの屈辱後、グレゴリウス7世はハインリヒ4世に攻められて、南イタリアで憤死した」という文面を世界史の教科書で発見したときは、「憤死ってなんだよ…笑」と気楽だったが、いまは全然ひとごとじゃない。このままでは憤慨し過ぎて死んでしまう。現実という檻の中で●事態が好転し始めたのは、夢みたいなアイデアで特許をとったときのこと。道具が人間の経験を宿し、誰でも最初から上手にミシンで縫うことができる。メーカーの社員だった僕は、はじめて会社から表彰された。副賞は５００円の図書券。ようやく手にした賞賛。あまりにも落差があった。あらゆる発明家が日本の会社と離別している理由が、身をもってわかった。とはいえ、現実的ではないという会社あるいは社会の重力をもろともせず、特許という許しを得た。特に許されると書いて特許、僕にとっては特赦でもあった●赦しを得た僕は、ＡＲ三兄弟という開発ユニットをスタートさせた。突拍子のないアイデアを実装することを仕事にしてしまえば、つまらない現実に負けることはない。十年にわたって、数々の領域を拡張してきた●長編というよりは、短編。拡張することが目的で、継続は意識しなかった。あらゆる業態との接点はできたが、生まれた余白にアイデアを供給し続けることはできなかった。ひとつの実装にかけられる時間、集中できる意識に限界があった。つまりは矢印が短かった●喜怒哀楽でいうと、喜と楽しか扱って来なかった。未来は明るいものだと、伝えたかったからだ。十年間、重いものを軽くしてきた。それができれば、軽いものを重くすることもできる。笑いを理解した作家が、涙を引き出せるのと同じ。泣ける漫画とか、怒りの映画とか。そういった安易な感情的触れ込みが嫌いだから、真剣に取り組んでこなかった。経済的にシビアな時代。怒と哀のデフォルト要素を無視して、社会と接続することはできない●新しい本を書くことにした。AR三兄弟の企画書という2010年に出した本は、タレント本みたいな質感。まだ誰も知らない拡張現実の世界。浮かれた様子で、スピード感をもって軽々と事例を紹介する必要があった。いまは心持ちが異なる。芸術、芸能、教育、建築、広告、日本、世界、宇宙、産業、文化、文明。それぞれの代表に宛先を入れて、差し出したい具体的なアイデア。散文ではなく韻文でまとめる●ホーキング博士はタイムマシンを作るのは理論上不可能とした。僕は可能だと思っている。現実的ではないけど、拡張現実的ではある。

2019年5月号

他愛もない話に愛がある。近況がある。

昨年末から死都調布の美容室、ビバーチェに通っている。いつも指名しているのは遠藤千恵さんで、なぜフルネームを堂々と出しているかというと、名前を出してもぜったいにバレないからである●記者会見が２つ控えている。ひとつは、土屋敏男さんがプロデューサーを務めるNO_BORDERの劇場公演、7月から9月までのロングラン。明石家さんまさんがホールに名前を付けた（WW/TT/SS）のはいいけど、誰も正しい読み方がわからない。主役はひとりになったが～まるちょば（HIRO-PON）さんで、ＡＲ三兄弟と一緒にテクノロジーを介したパントマイムの新ネタを考えている。Panasonic全面協力のもと、最先端の機械をつかって、観客を全身スキャンする。スキャンされた観客は骨格付きの３Ｄモデルとなって、舞台上で繰り広げられるストーリーに拡張現実的に参加する。演者と観客、国と言語、宗教と慣習、あらゆるボーダーを越えてひとつの演目を完結させる。かつて電波少年を作って大成功させた土屋さんらしい大胆な企画●もうひとつはアヌシー国際アニメーション映画祭の特別展示。20年ぶりに日本が代表国に選ばれた。キービジュアルも和のテイスト。注目が集まる大切な年、普通のアニメーション展示に収まらない斬新な仕組みを作って世界へアッピールしたい。文化庁から直々に依頼が来た。昨年の厦門展の評判を踏まえてのこと、名誉あるオファー。新作の公開を控える新海誠監督とのコラボ第三弾を設計した。物語に登場するラジオの鉱石（星を追う子ども）や藤棚の藤の花（言の葉の庭）や屋上のしなびた花壇に植えられたキンポウゲ（天気の子）などといったモティーフをガラスのデジタル標本に収納してプログラミング。メインパネルの上に標本を移すと光を帯びて、1メートルを越える大きな半球体に該当の映像が宿るという仕組み。見てみないとわからない壮人なやつ●遠藤さんと鏡越しの会話。川田さん、どんな仕事してるんですか？　僕は開発者です。と、最初はお茶を濁す。おかしいな、どこかで見たことあるんですけどねー。遠藤さんは続ける。あれじゃないですか。情熱大陸。えー、出たことあるんですか。もう5年前になります。他にも見たことあります。もしかしてタモリ倶楽部ですか。確かに出てそうだし、タモさんと相性良さそう。でも、違います。WIREDとか、テレビブロスとか、文章を書いてるので、それじゃないですかね？　ぜんぜん読まないです。じゃ、ラジオかな。いとうせいこうさんをゲストに迎えたばかり。聞きません、いとうせいこうも知りません●いとうせいこうを知らないなんて、なんて非建設的なんだ。きっと想像ラジオも知らないだろう。ちょうどカットが終わった。話はここまでだ。見開きの大きな鏡を開いて、後頭部をぐるり。完璧じゃないか。僕の髪は、ストレートな部分とクセ毛の部分が共存している。それを丁寧にレイヤー分けして立体的に仕上げている。こんな腕を持ちながら、なぜいとうせいこうを知らないんだ。理不尽だ。死都調布にいるし、また来ます。ポイントカードは要りません。

２０１９年６月号

味のつぼみと書いて、味蕾（みらい）の話。

味博士こと鈴木隆一とラジオ（通称：ホリスペ）（台本が花山うどんの横幅のように太い）ではじめまして、彼は味覚に関する情報を独自開発したセンサーで取得し、食について独自の見解を示している●これは僕の見解だが、解像度と通信速度の競争はすでに頭打ち、次は視覚以外の情報をいかにデジタル信号化して、アーカイブそしてシェアしてゆくかがオリンピック以降の開発的な課題となる。RGB、つまり6桁の16進法コードで色彩とグラデーションが伝えられるように、味覚に関する情報もやがてX進法のコードに置き換わる。現在でいうレシピに相当する情報が、単なる二次元に過ぎなかったと誰もが膝を打つことになる。料理とコンピューティングが有機的に接続できるようになるのもちょうどその頃で、デリバリーとは即ち企業が独自開発した三次元以上のレシピ情報を提供することになるわけだが、それはもっと未来の話。今から展開するのは味のつぼみ、味蕾の話●子供の時苦手だったものが、なぜ大人になって食べられるようになるのか？番組中、鈴木博士は興味深い問いかけをひとつしてくれた。お酒はかつてただ苦いだけだったし、茄子もお口の中での共演NGだった。その理由を博士はこう簡潔に教えてくれた●人間の舌には味を知覚するためのセンサー、すなわち味蕾が存在しています。その数が子供の時がいちばん多くて味にも敏感、大人になるとその数が減るので味にも鈍感になるのです●なるほど。「みらい」の数が減ることで鈍感になるというのも、なんとなく頷ける●唐突だが、J-WAVEの音盤ライブラリーから電気グルーヴの楽曲が全て撤去されてしまった。データは保持してあるので、しれっと僕の番組で流してしまおうと試みたら、寸前で大人たちに阻まれてしまった。味覚はおろか、聴覚と触覚がバカになっている。明らかにセンサーの数が足りていない。みらいのことを考えていない●もうラジオ局で、電気楽曲をかけることはできないのか。DOMMUNEだけがメディアの救世主でいいのか。悶々としていた日曜日、山下達郎がサンデー・ソングブックで電気グルーヴの『N.O.』をかけた。かつて石野卓球が達郎の楽曲をDJでかけたことの恩返しだと補足していたが、あれは照れ隠しだろう。ベタに、才能ある音楽家を応援したかったのだと思う●話を元に戻す。僕は自分の番組の1曲目に山下達郎の『高気圧ガール』を、テクノコントの幕間に卓球の『バーコードの仕組みを解明した！』を、最後に卓球の『RydoOn／雷曇』をかけた。隠し味を潜ませれば、嘘のない感覚にライド・オン・タイムすることができる。フレイバーを重視しがちなFM局で、イノベーションを起こすことができる●味蕾は2週間ほどで生まれ変わる。若い人であれば10日もあれば完全に新しくなる。他人の味付けに乗っかったり、食べログばかり参考にしていると本来の味がわからなくなる。誰かが味見した見解をなぞるのではなく、自分の持ち味を忘れずに行動し続けることだけが、未来を正常化する。これは味蕾の例え話である。

2019年7月号

8050問題について、公私ともに長男の見解。

フランスの東部、木々の緑と鏡面する湖。雨に覆われたアヌシーでこの原稿を書いている。デジタル民芸というアプローチで新海誠作品を拡張するのとは別に、ＡＲ三兄弟としてのパフォーマンス仕事も進めるつもりでいたのだが調整がうまくいかずに断念した●ルーヴル美術館を訪れてモナ・リザを拡張現実的に盗んだり、それを拡大してルーヴル・ピラミッドの隣りに再配置したり、ミロのヴィーナス（彫刻作品）の隣に同じ大きさのミロ（麦芽飲料）を置いてみたり、サモトラケのニケにNikeのシューズを履かせてみたり。暗いニュースが続くなか、とにかく下らないことを国際的にやってのけたかった●NO_BORDERでご一緒させてもらっている土屋敏男さんを経由して、ルーヴルの修復にお金を出して番組を作ることに成功した担当者を紹介してもらおうとしたり、元THE HANGOUTの作家である塩沢さんが担当するアナザースカイにその模様を放映してもらえないか感触を探ってみてもらったり、色々と手を尽くしたのだが、肝心のルーヴル美術館の許可が下りなかったので断念することになった●いまやテレビブロスとＷＩＲＥＤの両誌に連載を持ち、情熱大陸に出演し、最後の念願だったタモリ倶楽部にも出演。金曜20時というわりといい時間のラジオのナビゲーター、メディア芸術祭の審査員を任されて、念願だった週刊テクノコントも手がけている。夢のような展開なのに、一向に気分が晴れない。全ての活動において、名刺代わりの大ホームランをまだ出していない。ルーヴルのようなスケールの場所から許可が下りない。明らかに力不足。苛立ちが募る●8050問題（80代の親と引きこもりが長期化する50代40代の子供が暮らす世帯が孕む陰湿な問題のこと）と、川崎の20人連続殺傷事件そして元農水事務次官による子殺しの関連性を解説する記事が連日週刊誌を賑わせている。テレビでは、凶悪犯罪者を「不良品」と称した松本人志と、引きこもりの孤独に寄り添い理解を示した太田光のコメントの明暗がくっきり分かれた。ラジオでは、神田松之丞が太田光のコメントを「ピカソの絵を見て表現ってこんなに自由でいいんだ。ピカソの絵を見て、、ピカソ、、ちょっと恥ずかしい。天下取った人がいう台詞じゃない。笑っちゃった」と評し、ネットで無駄に神格化される風潮を一蹴した●文化に触れる。自分なりに解釈して、表現する。影響にフィードバックする。結果を出す。30才まで実家で引きこもり同然だった僕は、芸人とは違うやり方で光を示したい。重いものを軽くしたい。状況を軽く見ている政治家には重く伝えたい●任された展示を全う、フランス文化庁と会話を始める。こちらの意図を伝えて、どこが双方にとっておもしろいのかを伝える。スポンサーワールドと化しているラジオでは、毎回クライアント以外の宛先を設定する。テクノコントはベタなSF要素を毎回入れる●うだうだ考えていると、タイムラインから大森靖子が峯田和伸に飛び蹴りをする映像が流れてきた。笑ったし、下らないし、最高だった。歌はほとんど聴き取れなかった。

2019年8月号

ディープでフェイクな芸能と闇のテクノロジー

ジャニーズ事務所をつくったジャニー喜多川の訃報が飛び込んできた。インターネットでジャニーズのタレントの写真を使うことがタブーとされ、あらゆる雑誌の表紙がシルエットになったり、最近になってそれが緩和されたり、ことイメージ管理に関してとても厳しいルールを設定してきた。吉本興業の闇営業問題などと照合すると、それはやはりタレントを守る大義があったように感じる●泊り込みの最終調整が続いていたNO_BORDERという演目が、このたび7月7日に初日を迎えた。任意の観客が謹製の3Dスキャナーで象られステージでダンスを繰り広げる。若い頃と比べて身体が動かなくなったお年寄りのご夫婦だとか、おんぶ紐で子供を背負ったお母さんまで。DA PUMPのモーションデータをインストールして、第一線のダンスが瞬時に踊れるようになる。踊りたくなる気持ちになる●プロモーションの一環で、渦中のカラテカ入江の相方、矢部太郎がゲスト登壇。取材陣の質問に答えた。あの事件以来、初めての公の場だった。電波少年の頃からの土屋さんとの関係もあるが、よくこんな状況のなかで参加してくれたと思う。大家さんと僕を参照すれば明らかだが、義理堅い。いまだにプロフィールからカラテカの名前を外していない●一方でカラテカ入江さんとは、ラジオで共演したばかり。なぜ芸人なのにお金を稼いでいるかと聞くと「芸人のネタとしておもしろいと思っている」と、あくまで芸人としてのマインドが残っていたのが悔やまれる。そして相方の矢部太郎の成功と相対するような芸風を自分も持ちたいとも答えていた。マインドは悪くない。方法が間違っていた●YouTubeで人気、業界でも評判が高いフワちゃんがラジオのゲストに来てくれた。ギャルについて聞くと、神様がブレるからうちらもブレる。みちょぱはポカリでわたしらはスーパーとかで売ってる安いスポーツドリンク。ギャルとは我が道を突き詰めること。渋谷やNYとつるんでゆきたい。と、一言一句クリティカル。なぜ急激におもしろくなったのか。秘密について尋ねると、自分の動画を繰り返し見ているからだと即答。フワちゃん曰く、僕はマインドがギャルであるらしい。秒でポジ回答してくれる存在はこれからも重宝されてゆくだろう●人工知能を使った動画アイコラ技術、DeepFakeを駆使したエロ動画が闇インターネットを賑わしている。表情が画素的に曇る瞬間があるものの、シーンで切り取ればかなりのクオリティ。ベッドシーンさえ演じたことのない人気女優が、次々と標的とされている。事務所がどうタレントのイメージを守ってゆくのか。テクノロジーがどう芸能を拡張してゆくのか。あるいは縮小してゆくのか。いままたその是非が問われている●龍が如くシリーズを開発した名越稔洋が次回のラジオのゲストということもあり木村拓哉のアヴァターが活躍するゲーム、ジャッジアイズをプレイしている。ジャニー喜多川は、このゲームのことをどう捉えていたのだろう。芸能の未来とは、拡張できる余白とは。脳内で、会話と尾行を進める。

2019年9月号

さかなクンは法螺貝をどう思っているのだろう？

お待たせいたしました。お待たせし過ぎたかもしれませんNetflixで配信中の全裸監督が素晴らしい。主演をつとめる山田孝之が、捨て身かつ丁寧な演技で、伝説のAV監督 村西とおるの半生に迫っている●煙草ぷかぷか喫煙シーン。ヨダレだらだらシャブ中シーン。陰毛わさわさ絡みのシーン。まずテレビでは拝むことができないタイプの動画オンパレード。過激だけを単に集めた作品であれば、わざわざテレビ誌の限られた文字数を使って絶賛しない。猥褻か猥褻じゃないか、表現は自由か不自由か。芸能と芸術に紐付く表現全般に関して当局と当事者と無関係者が繰り返してきた日本独自のジメジメした論調を、スカッとナイスに解決するエンターテインメントに仕上がっていることが素晴らしいのだ●山田孝之の白ブリーフ姿が凛々しい。森田望智のおっぱいと脇毛がエロい。全裸監督を観ていると、日本の役者がいかに制約を強いられてきたかが分かる。二重演技して、バイアスに耐えて、あの出来だったのだ。駅弁やハメ撮りが誕生するシーンでは、神々しいポエジーさえ感じる。地獄で配信しても色褪せない力作。キャスト、監督、脚本、すべてに全裸拍手を送りたい●話が変わるようでやがてつながる話。さかなクンが世界ふしぎ発見！のミステリーハンターに初挑戦していた。また、ギョギョギョ！のゴリ押しか。と、諦めムードのままテレビを見ていると、これがとんでもない神回。エジプトの壁画から魚を考察、そこから当時の生活を大胆予想すると、現地の考古学者がびっくりするほどの正確さ。殺菌方法が確立されていなかった古代エジプトにおいて、魚は疎ましい存在だった。統治する国王によっては魚を食べることを国民に禁じていたことを、さかなクンは壁画から読み解いた。さらに、日本でも同じようなことが江戸時代に行われていたとも補足。鰹のタタキは、生魚を食べることを禁じた幕府の目を欺くために生まれたメニューだと水平思考。その博識ぶりに黒柳徹子もびっくり。ひとつ確かな物差しを持つことの重要さを、さかなクンは態度で示していた●あなたのお口はオクトパス。奇しくも村西とおるも、魚介を積極的に取り込んだ。なかでも、女優に法螺貝を吹かせるという規制の裏をかいた作戦は功を奏し、村西とおる作品の代名詞になった。まだ「イク」という言葉を表立って口に出せない女優たちの気持ちを、法螺貝に代弁させた●なお、冒頭のキラーフレーズ。村西監督ご自身が浅草ロック座でストリップの舞台に上がる直前に閃いたものであるらしい。ファンが集まる場所では通用するかもしれないフレーズも、これからエロい映像を見ようとするお客さまからは反感を買うかもしれない。そんなリスクを背負いつつ、冒頭から声高に宣言するようになったのは、主演女優を誰よりも美しく撮る自信があるからだ。画面の前のあなたに必ずや最高の興奮を提供するというプロ意識があるからだ。と、自身のnoteに書いてあった。200円だった。法螺貝の記事と合わせると400円。買って良かった。

2019年10月号

神田松之丞が伯山になる未来、頼まう真剣勝負！

神田松之丞に情熱大陸のカメラがついているらしい。問わず語りの松之丞で、若き日の爆笑問題太田光の雨＋飴＝天才のくだりを腐しながら、興奮気味に伝えていた●御多分に漏れず、密着が始まった頃は僕も浮かれていた。打ち合わせのたび「情熱大陸のカメラが入りたいって聞かないので、よろしいですか?」と、スタッフに任せればいいような取材確認を、自ら率先して行った。やりとりの向こう側で、相手の態度が豹変する様子が愉しかった●わからないのは、この通りすがりの天才の名前を出さずに腐したことだ。渋谷らくごというイベントに、サンキュータツオに頼まれて登壇したときのこと。松之丞も出演していたのだが、そのときのトークの模様を笑いにするでもなく、ただ腐していた●「情熱大陸でいうとさ、どんな奴でも情熱大陸に出てるってだけで箔つくじゃん」「よくわからねぇカタカナ職業の奴、あんな奴ら集客能力があるのっていまだに思ってる」「そいつがちょっと情熱大陸に出たことありましてって言った途端、いままでなんだこいつって胡散臭くみてた客が情熱大陸！ってなった」「俺自身も、この人情熱大陸出た人なんだ！ってなった」「俺なんか伝統芸能のさ。型ができてんじゃん。とくに真打ち昇進を控えて。情熱大陸の完パケ。パッケージができた状態でやってる」●僕が腹を立てたのは五つ。一つはカタカナ職業に含まれるグラフィックデザイナーの大御大、勝井三雄の訃報に胸を痛めていたこと。二つ、僕の名前を出さずに背後から殴るような行為に及んだこと。三つ、集客が望めないからと頼まれ、良かれと思って出演したということ。四つ、情熱大陸に出たことを自分から切り出していない。あれはタツオさんが、なぜ僕がゲストに呼ばれたのかしっくり来てないお客さんへの渡し船として補足したこと。五つ、この話題が笑いにつながっていない。ただ腐しただけ。笑い屋のシゲフジくんも笑っていなかった●神田松之丞の芸の殺気は凄まじい。高座のうえで、何人も歴史上の人物を殺めている。刀を抜かないまま、僕は枕で後ろからブン殴られた格好だ。クレームというよりも、名前を出しても得しない相手として見限られていることにショックを隠せない。そして、僕がラジオ生放送を担当している真裏の時間帯で放送されたにもかかわらず、即座にリアクションしなかった自分自身にも腹を立てている●僕は型のない世界で、型から開発するような仕事を続けている。高座のない場所に高座を作り、劇場を生み出す。デザイナー、プログラマー、ゲームクリエイター、コラムニスト、ライター。カタカナ職業の先輩から脈々と受け取ってきたものがある●未来に豊かな笑いを届けるのはどちらか。やがて伯山を襲名する神田松之丞に、真剣勝負を挑みたい。観客のイマジネーションを駆り立てる新旧芸能対決、張り扇が静寂を切り裂く。拡張現実が宙を舞う。いよいよ続きが気になる、おもしろくなるところで文字数いっぱい。お時間いっぱい。決着は、伯山の名前が定着した頃に。

2019年11月号

ブラックホールへ投げ込んだボールの行方

天文学者の本間希樹とトークする機会に恵まれた。ブラックホールの撮影に世界で初めて成功した人物、その貴重な写真の中心を（コピーされた印刷物とはいえ）くり抜いて自ら顔ハメしている画像がニュースを通じて出回ったが、あそこまで出来る学者はそうそういない。敬意をもって会話をはじめた●ユーモアが通じる相手とわかっていたので、ずっと疑問に思っていたことを直接投げかけることにした。本間さん、ブラックホールに吸い込まれた人間はスパゲティ状になる。いわゆるスパゲティ現象の続きの話なのですが。逆に、スパゲティをブラックホールに吸い込ませたらどうなりますか？●そんな発想はなかった！と前置きしつつ、本間さんはより長いスパゲティになるだろうと答えてくれた。初期宇宙が生まれるときのような高密度を、会場で感じた。次元を超えた会話とは、つまりこういうことだ●テレビブロスで松本零士先生と対談させてもらったときのこと。銀河鉄道999のような壮大な物語を、なぜ生み出せたのですか？質問するとこう答えてくれた。石ノ森章太郎先生を頼って小倉から出てきて、最初にトキワ荘へ遊びに行ったときのこと。手塚治虫先生をはじめとして、安孫子（藤子不二雄Ａ）さんとか藤本（藤子・Ｆ・不二雄）さんとか、赤塚不二夫とか。ほんと惑星みたいなスケールの世界観をもった作家たちと1日で会話したのね。このめまぐるしい体験が、やがて銀河鉄道999につながった●2010年の僕は、まだ零士先生の発言にピンと来てなくて、ややもするとこの貴重な話を聞き流していた。が、今になってようやくその意味がわかる。次元を越えた会話が成立したとき、初期宇宙が生まれる。やがて固有の惑星の存在を認めることができる●ラジオで毎週テクノコントの新作を更新している。ラブレターズや男性ブランコ、ワクサカソウヘイなど大好きな芸人たちに混じって、マツモトクラブの姿もある。小学生の頃、一緒にコントを作っていた。そこに四十才を過ぎてから出会ったような新しいメンバーも混じっている。この光景どこかで見たことがある。ドッジボールだ。引っ越しが多かった僕は、引っ越し前の友達と引越し先の友達が、どうにか仲良くなれないか。企画を考えた。それが、新旧友達同士によるドッジボール大会だった●今の言葉で翻訳すると、マイ・アヴェンジャーズ・システム。好きな人間同士が、ボールをぶつけ合う。やがて仲良くなる。あの光景が現在地点とよく重なる●あいちトリエンナーレ以降、文化に分断が生じている。文化庁の助成金不交付決定、ボイコットを宣言する作家、いやいや国家を馬鹿にするような展示に国がお金を出す必要はないとする国民。展示の再開許すまじと座り込みを断行する政治家。メディア芸術祭の審査員をつとめ、文化庁から頼まれて空港拡張業務に従事した僕からすると看過できない。文化庁長官に対談を申し込んだ。まずはボールをブラックホールへ投げ込む。惑星間の重力と作用を把握することで、文化は強度を増してゆく。

2019年12月号

サピエンス全史にはまだ、テラハが出てこない。

テラスハウスから松嵜翔平が卒業した。これも時代の流れか、しっかりした女性同居人たちから「将来のイメージがはっきりしない」と総スカン。スタジオの徳井義実や山里亮太からも「最後かっこつけたかっただけ」と、切り捨てられた●まださほど社会と接続していない、どこにでもいるような若い男女が、豪勢な車と家だけを与えられて共同生活をするリアリティ番組。提供している没入感は、かつて同じフジテレビで放送されていた名作ドラマ『北の国から』にも匹敵する●僕からすると、北の国からでいう黒板純のように、松嵜翔平は見えていたわけで。台湾でモデルをやったり、肉体労働をしたり、エッセイを書いたり、ピンク映画に出演したり。確かにお金を得るための手段にはこだわりがない。出戻りしたペンキ塗りのアルバイトの先輩からは「お前はいつも中途半端だ」と切り捨てられた。男からも、女からも、票が集まらない●2011年にヘブライ語で発売されて以来、あらゆる文化圏で翻訳されて世界的なロングセラーとなっている『サピエンス全史』。かつて輝きを放っていたNAVERまとめのような軽やかさで、文明単位の歴史をカジュアルに編集している。猿やアメリカやハリーやランボーを引き合いに出しながら、人類が生み出してきた宗教や国家といった発明を冗談交じりに補足。歴史を歴史として説明するのではなく、生物学や経済学や魔法や暴力を散りばめる。知的欲求をくまなく刺激される。読みやすいといえば読みやすいが、人類にはまだ続きがある。ホモ・サピエンスの続き、ホモ・アピアランスの話である●赤瀬川原平の兄、赤瀬川隼が1988年に上梓した『ブラック・ジャパン』に収められた短編が、それである。住宅メーカーに勤める中年男が、自社が提供するモデルハウスのモデルファミリーになれと上司から命令される。その男は一男一女を授かり、妻と姑の5人で借家住まい。家賃、家財道具や水道電気代に至るまで、すべて会社負担。そろそろ子供たちも自分の部屋がほしいと言い出す年頃。プライバシーなどなげうってしまいたくなるほどの好条件。男の心配をよそに、家族はモデルファミリーとしての生活に順応し、やがて生きがいを感じるようになる●モデルファミリー付きモデルハウス体験会、参加者募集。奇しくも30年前の短編小説のような出来事が、さっきニュースとして飛び込んできた。厳密にいうと家族ごと入居できるという話ではなく、家族のいない独身男性に参加してもらって嘘の家族とともに台本にそってマイホームを体験してもらおう、やがて家を買ってもらおうという広告企画。案の定、タイムラインは大炎上。テラスハウスが生み出した潮流に従うならば、台本は一切用意すべきではなかった●ホモ・サピエンスをカジュアルに翻訳すると、知的欲求の鬼。ホモ・アピアランスは承認欲求の塊。見せびらかすのに格好のタイミングであったにもかかわらずそれを潔く拒否した翔平の背中が、あの場所にもう居たくないと思える嗅覚が、やっぱり僕は気になるのである。

2020年1月号

彦摩呂の人工知能の開発が異常に難しい件（前編）

忘年会の季節。一年間の労をねぎらう脱力方向の風向きだが、公私ともに長男はいちばんナーバス。AR三兄弟は毎年この時期、AR忘年会で新ネタを下ろし続けている。今年で数えること11回。ここで発表したネタが、やがて億単位の予算がつく大きなプロジェクトになることもあれば、メディアで全く発表できない伝説の密室芸として封印されることもある●いまでこそプロジェクションマッピングはどこでも見られるベタなテクノロジー表現となっているが、AR三兄弟は2013年お米に顔をマッピングして物語展開するという『世界最小コメジェクションマッピング』をいち早く実現している●2017年にAlphaGoが人類最強の棋士に勝利していよいよディープラーニング（深層学習）という技術に注目が集まるよりも前、2013年の段階で『手書き社会』という深層学習を無駄に駆使したネタで手書き文字から歴史的な映像を呼び出す（たとえば1600と書いたら関ヶ原の戦いのシーンがAR表示される）（1242と書いたらニッポン放送が）（813と書いたらJ-WAVEが）（radikoのストリームをハッキングすることで生放送が流れる）機能を実装。こんなこと出来るはずがない。一夜漬けで急に詳しくなったタイプの似非学者連中から声があがったが、実際に動いていたので「動いてますけど？」と、やんわり一蹴●僕が考えるARとは、AIを含む複合的なプログラミング技術と物理現象や重力を掛け合わせてはじめて実装可能となるもの。実装方法を持たない学者など、足元にも及ばない。ただ、そういう物言いだと社会に対して可愛げがないので、あくまで宴会芸として披露している。ほんとはね●今年の新ネタは4つ。1つ目は、iPhone 11 Proから搭載した3つのレンズで適えられた独特のスケール感を、さらに遺伝子からブラックホールのサイズまで拡張するやつ。2つ目は、2012年に発表していままでどのタイミングで許可を申請しても全く通らなかった『ジャニーズカメラ』の最新版。いままではジャニーズを認識して自動的にシルエット加工したり、シルエット加工されたジャニーズを元に戻したりで終わっていたが、今回の更新で誰でもジャニーズ所属のタレントのようにシルエットになれるようになった。3つ目は、オリンピックイヤーならではの大掛かりなスポーツネタ。そして4つ目が、ディープラーニングを使った文豪カメラの最新版だ●Recurrent Neural NetworkやLSTMと呼ばれる構造の言語モデルを利用すると、人工知能は文体を習得しようとする。夏目漱石や芥川龍之介、梶井基次郎といった文豪たちの過去作品を全て学習させてカメラに映るものを題材に文章を書き下ろすというネタを過去に披露した。今年は久保田利伸や山下達郎や甲本ヒロトといった日本を代表するシンガー・ソング・ライターの学習結果を加えて、さらに「タピオカ」「免許返納」「闇営業」といった流行語を題材に文章化するという試みを実装。目論見通りうまく実装できたが、一人だけ人工知能化に失敗した人物がいる。彦摩呂である。図らずも技術と芸能の特異点を発見、大切な話なので次回へ続く。

2020年2月号

彦摩呂の人工知能の開発が異常に難しい件（後編）

お茶を着て、じっと水へ歩いて行ってしまった●お茶の召し使いは、この中へ入ってみた●この島に、お茶を持って居りますから、私もただ苦しい感じにしていた●これらは宮沢賢治、ルイス・キャロル、江戸川乱歩の作品群を学習した人工知能が『お茶』について書いたテキストである。宮沢は水上の速度を測るノットという単位を地上で使うところがあるので、液体を着てしまう大胆な表現に至るのも納得。ルイス・キャロルは、トランプの王国を不思議の国のアリスに登場させるくらいだから、お茶の召使いが登場しても不思議ではない。乱歩のミステリー感覚からすれば、どっちかというと憩いのイメージのあるお茶もたちまち推理対象となる●タピる雨にやらない 切り裂きプルトニウム あの娘に乗ってきた 誰かの夜中が振り降ろされる●タピる人 長生き そんな アー食わせろ ミサイアイヤイヤー●タピるエイト 紙 この海へ オートバイ 稲妻 海が遠くて飛行機 飛び乗れば翼 ボニー カレービートに飛び乗れ 海へ はやい●続いて紹介したのは、甲本ヒロトの歌詞世界を学習した人工知能が流行語『タピる』をテーマに自動生成したテキストである。ブルーハーツ期、ハイロウズ期、クロマニヨンズ期それぞれ別々に学習した甲斐あって、それぞれ興味深い出力結果となった●このように文学者やシンガーソングライターに於いては優秀な出力結果を残した人工知能であったが、彦摩呂についてはうまく文体を確立できなかった●お茶体プリンプリンの野菜は運動会や〜●タピオカ体との宝石がだろだろ●なんだこの期待外れ感は。お茶体、タピオカ体って何だ。野菜にはプリン体が含まれていない。どっちかというと尿酸値を下げるものだ。食感としてもプリンプリンという表現は間違っている。なぜこんな間違いをしてしまうのか。それは、彦摩呂の表現に至る前の、五感それぞれに宿る経験値の蓄積が凄まじいからだ●例えば、宝石箱という表現。これは、大きなジャンルを当てはめないと成立しない。本人の発言を引用すると「海の宝石箱や〜」と、大きく『海』というジャンルを使っている。瑞々しさを根拠とした食材の光沢と、宝石を作る魚介もあることなども理由としてはあるだろう。「味のデパートや！」もそう。食の周辺の、もっとも大きな言葉を引用してこそのデパート。それだけ、語彙のチョイスが綿密かつ厳密なのである●AI美空ひばりの紅白出場が賛否を呼んだ。最新テクノロジーには不遜という言葉が常につきまとう。しかし、人間が本来持つ感性の豊かさを実証する助けになるのであれば、捨てたものじゃない。美空ひばりは高次倍音と呼ばれる人知を超えた周波数を自らの肉声で操っていた。人工知能を使った番組の試みを通じて、初めて明らかになったことだ。彦摩呂の五感の鋭さも同じ。まずは俎上に載せることが大切。そもそも進化論は、不遜な疑問符から始まった●あの人が培った感性が、その根拠が。高い解像度で残せる。取り出せる。そんな未来へ希望とユーモアを込めて、僕の実装は続く。

2020年3月号

あとがき

この本は、2011年4月から2020年3月まで続いたテレビブロスの連載が骨組みとなっている。738文字で1000字ほどの内容を書き連ねたい。すべての回を1冊の本でも書き上げるような筆圧で臨んだ。開発者として経験を重ねていった時期。ジャンルを越えた実装を続けながら、隔週で、走りながら書いた。いま同じものを書けと言われても、もう書けない。呼吸が続かない。どうしたって分かりやすく、読みやすく、書いてしまう。経験という因果の悲しいところ、世界の要点だけ先に伝えて人生を終えたかった●音楽でいう転調みたいに、第十章からは見開きのページ当たりの文字数が多くなる。月に一度の1234文字、常識担当者ではない人物が書き下ろす天声人語、改行の代わりに月を表す●を使った●時系列で本を構成する案もあったのだが、最終的に全て自ら章立てし直した。ラジオのリスナーからすると、聞き覚えのあるテーマが並んでいることだろう。文章が分かり難かったら、各章ごとのテーマで検索。口語的かつ散文的に、先にラジオで解説してあります。そのアーカイヴが残っているはず●連載担当であり、この本を企画・編集してくれたおぐらりゅうじ。連載の文章について文句をつけたことがない。テクノコントでも一緒にやっているが、直すべくは直す。伝えるべくは伝える。忌憚のない態度を貫いている。そんな男が、校閲として間違っていようが、神田松之丞を敵に回そうが、そのまま通してくれた。歴代の編集長からは「何が書いてあるのか、本当に分からない」と、分かりやすい文章を書くような指導もあったようだ。この男は最後の最後まで、川田十夢が書くプログラムソースの価値を尊重してくれた。我ながら天才だとは思う。現実的には欠落だらけ、周囲が苦労しないはずもない。関わりのある関係者、会話を交わした友人・知人、このフェーズではまだ関わっていない無関係者、その全てに前倒しで感謝。お金を払って続けている三兄弟、次男と三男、お金が続く限りよろしく。長男は少し休んでてください。そう君たちから言ってもらえる日を夢見ている。元三男は作家として生きる選択をすると聞いたけど、脱退のときから同じことの繰り返し。覚悟をもって自らの表現と向き合うように。伝える努力をするように。幼少期にサヴァン症候群だと医者に診断されてもなお、まだ可能性があるはずだと信じてくれた母、思春期に本棚ごと書斎を明け渡してくれた父、お兄ちゃんが示した独特な遊びにつき合ってくれた妹（川田）、いまはもう二児の母になった妹（山下）に、感謝します。関係各位、距離が近ければ近いほど、当たりがキツかったはず。言い方もあったはず。心当たりのある人は、この本に収められた文章の完成度をもってお許しください。現実的ではないけど、拡張現実的ではある。この本が示した可能性を励みに感じる読者が現れますように。夢みたいなアイデアを実装する力になりますように。作者になっても読者を馬鹿にしませんように。あなたとの会話が末永く続きますように。

川田十夢《かわだとむ》

1976年、熊本県生まれ。10年間のミシンメーカー勤務で特許開発に従事したあと、やまだかつてない開発ユニットAR三兄弟の長男として活動。主なテレビ出演に『笑っていいとも!』『情熱大陸』『課外授業 ようこそ先輩』『タモリ倶楽部』など。劇場からミュージアム、音楽からアニメーションに至るまで、多岐にわたる拡張を手掛ける。「WIRED」では2011年に再刊行されたvol.1から特集や連載で寄稿を続けており、10年間続いた「TV Bros.」の連載はこの本にまとまった。毎週金曜日20時からJ-WAVE『INNOVATION WORLD』が放送中。公私ともに長男。通りすがりの天才。

https://twitter.com/cmrr_xxx

拡張現実的

第1刷　2020年3月31日

著　　者　川田十夢

発 行 者　田中賢一

発　　行　株式会社東京ニュース通信社
〒104-8415　東京都中央区銀座7-16-3
電話 03-6367-8015

発　　売　株式会社講談社
〒112-8001　東京都文京区音羽2-12-21
電話 03-5395-3608

印刷・製本　株式会社シナノ

ISBN 978-4-06-519386-0

ロゴデザイン　川田十夢

装丁・デザイン　山﨑健太郎（NO DESIGN）

編　　集　おぐらりゅうじ

本文末尾にある年月日は、初出「TV Bros.」の掲載号を表している。
同誌以外の場合は、媒体名を併記した。